I0782113

El abuelo
GREGORIO
un sabio maya

JORGE MIGUEL COCOM PECH

Pedro Ehuan, Ilustrator

Jade Publishing

Jade Publishing
Corpus Christi

www.jadepublishing.org

ISBN: 978-1-949299-33-5

El abuelo

GREGORIO

un sabio maya

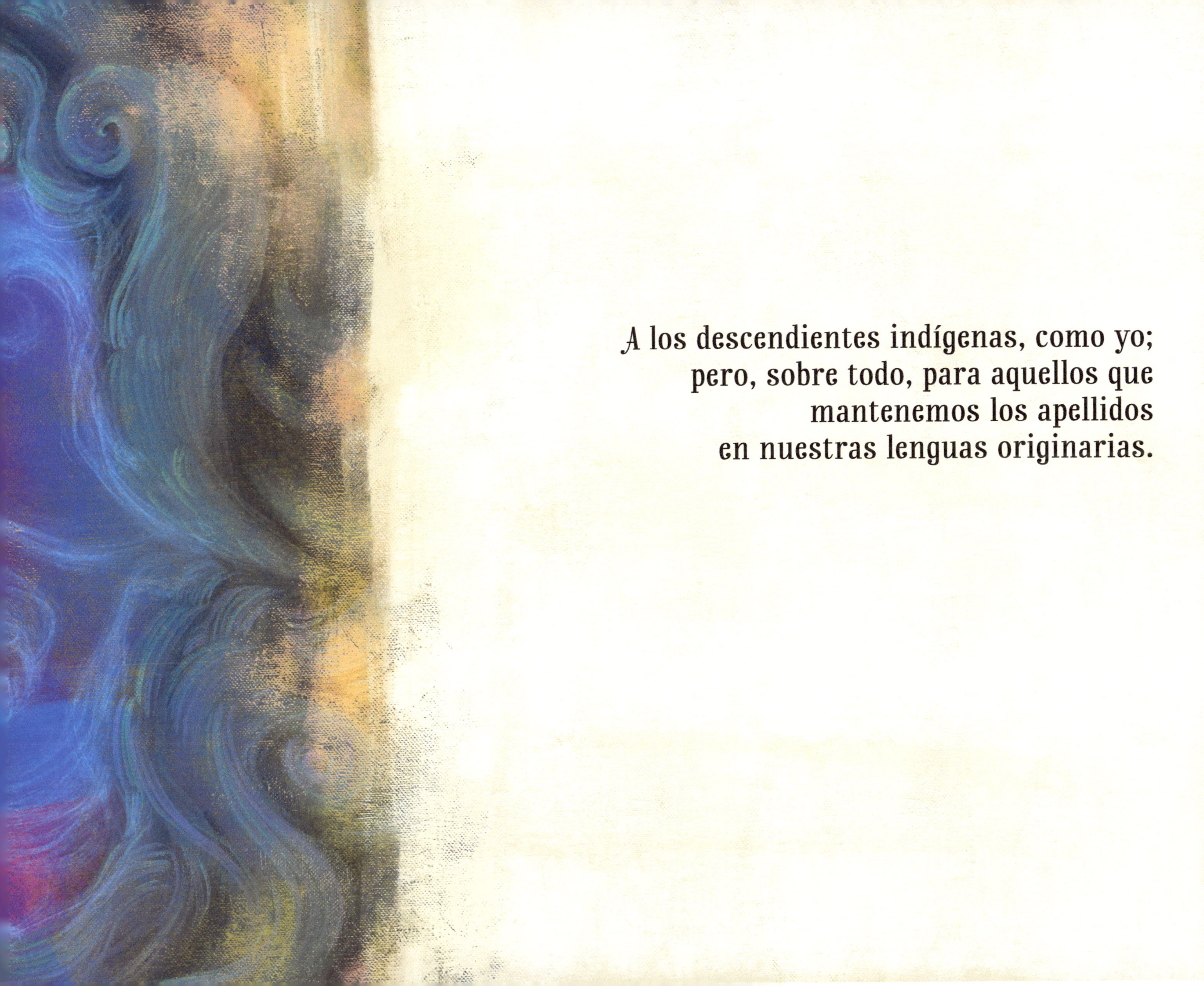

A los descendientes indígenas, como yo;
pero, sobre todo, para aquellos que
mantenemos los apellidos
en nuestras lenguas originarias.

CONTENIDO

I. El guardián de las palabras 9

II. Las siete preguntas 13

III. El poder de un grano de maíz 17

IV. Testimonio de una iniciación: la prueba del
aire, la prueba del sueño 21

V. La entrega del nombre 29

VI. El secreto de los pájaros 35

VII. El secreto de los pájaros II 45

VIII. El secreto del viento 57

La nueva palabra por Miguel León-Portilla 67

Sobre el autor Jorge Miguel Cocom Pech 71

I. El guardián de las palabras

Cuánta razón tenían los abuelos cuando nos decían!: "Tu corazón es el guardián de las palabras, no su cueva; porque tus palabras no estarán ahí para alojarse eternamente..."

Deja que en primavera los vientos de tu ánimo dispersen a las palabras por los caminos, y éstas se vistan con flores rojas, blancas, amarillas y azules, porque las flores son las alegres palabras de los árboles, de las hierbas y de las enredaderas...

Deja que en verano las palabras se levanten a través del vuelo de las mariposas, porque éstas, las mariposas, hijas de la lluvia, son las flores ambulantes de los caminos; deja en ese tiempo de aguaceros que, en las tierras en donde sembramos, las palabras se ofrezcan, entre el humo del copal y de la oración, como ofrendas de gratitud a la madre tierra.

Cuando llegue el otoño y los árboles desprendan sus hojas al vaivén del viento, deja que estas palabras, aún con vida, besen con ternura la piel del suelo, porque nunca las palabras sobre la tierra han sido el sepulcro de los hombres...

Cuando llegue el invierno y sientas que te besa el aire frío de sus días, deja a la palabra arder en los leños, que su calor será el cobijo de tu cuerpo; pero si sientes que las palabras bullen, saltan, gritan, rugen y cantan en tus adentros, y este canto es parecido al trino del Sakpakal, paloma blanca, no lo ahogues en silencios. No temas, ¡ése es el lenguaje de tu alma!, ¡ésas son las palabras de tu espíritu!

No guardes, no escondas, no impidas la libertad a tus palabras, porque por tu palabra habrás de escribir para todas las edades y para todos los tiempos, que es uno solo y eterno, mientras haya vida sobre la tierra...

Ka' síijil t'aan significa volver a nacer la palabra, renacer la voz. Este reencuentro del pasado con el presente; este volver de nuevo, que para nosotros los mayas era y es sagrada concepción del tiempo, es un hecho que se inicia con las voces y testimonios de los que hoy asumimos el compromiso de dejar constancia de lo que pervivió en la tradición oral, a través de textos literarios... pues nunca las palabras sobre la tierra han sido el sepulcro de los hombres.

Calkiní, Campeche, 1961

II. Las siete preguntas

Al igual que ustedes, yo tuve un abuelo. Este viejecillo, de piel morena y ojos vivaces, vivía en la choza de una huerta donde abundaban los árboles de mango, chicozapote, aguacate, mamey, caimito, zaramullo y otros frutales, que gustoso nos ofrecía en nuestras frecuentes visitas.

Yo, que estaba muy apegado a él, solía quedarme a su lado para ayudarlo en los trabajos de la huerta.

Durante el día, el abuelo se dedicaba al riego y al cultivo del maíz, del frijol y de algunas flores de distintos tamaños, colores y aromas.

Al anochecer, desde su hamaca, situada en el centro de la casa y alumbrada por la débil luz de un viejo quinqué, mi abuelo contaba narraciones fantásticas y respondía dudas y preguntas.

Una noche, cuando los otros nietos dormían y él comenzaba a bostezar, yo le pregunté:

"Abuelo, ¿qué son las flores?"

Entonces, envolviendo la mitad de su cuerpo con una sábana blanca, respondió:

"Las flores son los ojos de las plantas, como tus ojos son

las flores en el jardín de tu rostro. Por esas flores, ojos de colores con aromas, las plantas miran, atraen, alegran y curan el alma de los hombres.

Comprendí que mi abuelo tendría respuestas para todas mis preguntas:

"Abuelo, ¿qué son las nubes?"

Él contestó:

"Las nubes son ramas de árboles frondosos cargadas de agua que gustan de pasearse por los caminos del cielo. Blancas, grises o de colores, vuelan sobre el azul del infinito en busca del viento para jugar con el sol a las escondidas. ¡Ah!, si supieras, ¡cómo se divierten en cubrirle la carita amarilla al sol que sonriente las contempla!"

Luego de prender un cigarrillo y hacer bolitas con el humo, añadió:

"Las nubes blancas, pequeñas o grandes, y a veces en forma de borreguitas, son niñas traviesas a las que les agrada estar cerca del sol; con él también juegan a las lluvias cuando cambian sus vestiditos blancos por enormes faldas de color gris."

Tras breve pausa, que aprovechó para bajar sus pies al suelo y mecerse en su hamaca, explicó:

"En verano, época de abundante calor y de aguaceros, las nubes siempre andan vestidas de gris. En este tiempo, generalmente de días lluviosos, las nubes grises se cargan de viento caliente y, al encontrarse en las alturas con otras nubes cargadas de viento frío, chocan y se golpean entre sí, produciendo truenos y expandiendo hilos y raíces gigantescas de luz color plata y azul eléctrico; entonces bajan a la tierra transformadas en cristalinas hileras de agua, las cuales se convierten en arroyos y charcos que corren y saltan surcos y bordos cantando por las calles del pueblo y por los caminos del monte... Sin que te des cuenta, te he visto jugar con tus primos a los viajes de aventuras, imaginando que se transportan en barquitos de papel que acaban hundidos en las orillas de las cercas de piedra."

Quise interrumpir, pero él agregó entusiasmado:

"Cuando cesa la lluvia, el cielo vuelve a ser azul y el sol brilla de contento y le sonríe a las flores, que reciben alegres la visita de las avispas, las libélulas y las cigarras chillonas. Si te fijas bien, los sapos y las ranas croan cerca de los tallos de las plantas y brincan de gusto sobre las hierbas inundadas por el agua."

Fue entonces cuando entusiasmado ante las respuestas de mi abuelo, empecé a plantearle mis dudas a través de preguntas:

"Abuelo, ¿qué son las avispas?

Él, complaciente, me explicó:

"Las avispas son insectos parecidos a las hormigas grandes de tierra; están dotadas de alas transparentes y tienen la costumbre de colgar sus casas, hechas de una pasta seca de papel en forma de globos, en los tallos de los árboles grandes. Gracias a las avispas el hombre conoció el papel, y con este material pudo hacer las hojas de los libros y cuadernos en donde tú escribes cuando vas a la escuela y haces la tarea.

"Abuelo, ¿qué son las cigarras?" pregunté.

"También son insectos voladores, parecidos a las cucarachas pero más grandes. Tienen la costumbre de pegarse en los tallos de los árboles. Los machos emiten un sonido parecido al de las ambulancias. Cuando lo oigas no debes espantarte, porque a través de ese sonido los machos llaman a las hembras. Algunas personas creen que ese chillido se debe a que las cigarras avisan que algo grave ha ocurrido, pero eso no es cierto."

Al ver que mi abuelo había olvidado el sueño, continué interrogando:

"Abuelo, ¿qué son las libélulas?

"Las libélulas son como palillos de colores que vuelan y gustan de posarse sobre el agua de los charcos y en los pétalos de las flores. El poder de vuelo que tienen se debe a que poseen unas alas transparentes muy fuertes, que les sirven de impulso. Hay quienes piensan que el hombre, al observar detenidamente a las libélulas, se sirvió de los complicados y veloces movimientos de estas hábiles voladoras para inventar esos ruidosos aparatos de metal que conocemos como helicópteros. Las libélulas son los helicópteros del monte."

A cada respuesta de mi abuelo, yo hacía otra pregunta:

"Abuelo, ¿qué son los sapos?"

Él, divertido e interesado, respondía pacientemente:

"Los sapos son los eternos enamorados de la luna, al igual que los grillos y las luciérnagas lo son de la noche.

"Como a la luna y a las estrellas les gusta el chocolate, bajan a beberlo reflejándose en el agua de los charcos, sitio favorito en donde habitan los sapos. Por las noches, cuando la luna está completamente desnuda y su imagen luminosa se agiganta sobre el agua tranquila de los charcos, los sapos le piden a la luna que los bese. Y luego de recibir esa tierna caricia, proveniente de los rayos plateados de la moneda nocturna, los sapos emocionados tomándose de sus manitas, forman un círculo mágico y aplaudiendo con alegría emiten ese sonido: lek, lek, lek, lek, lek, lek, lek, lek, lek, lek, lek..."

Fue entonces cuando suspirando profundamente pregunté:

"Abuelo, ¿y yo quién soy?"

Él, sin pensarlo mucho, dijo a secas:

"Al igual que todos los hombres que hemos habitado la Tierra desde hace muchísimos años, ... tú eres una pregunta viviente... tú eres una traviesa interrogación ambulante... en busca de respuestas sin fin..."

III. El poder de un grano de maíz

En aquellos tiempos, cuando escuchar relatos y cuentos de la voz de nuestros mayores era el pasatiempo favorito de los niños, supe de la existencia de personajes, animales y lugares insospechados.

En esos días, y a falta de libros y revistas ilustradas, hacíamos esfuerzos por llevar a nuestras cabecitas duras las imágenes de todas esas maravillas descritas en las narraciones.

Así, la primera imagen que tuve de un río era la de una quieta, enorme y ondulante serpiente de agua, y apenas podía creer y meterme en la cabeza que el avión era como un pájaro de metal rugiendo mientras volaba y volaba cerca de las nubes. Me preguntaba, y a veces nos preguntábamos los niños de esas épocas: ¿Por qué los aviones, siendo tan pesados, no caen a la tierra?

En ocasiones, los cruces de las calles —sitio preferido por amigos y vecinos con quienes jugaba al trompo y a las escondidas— eran lugares donde, en improvisados asientos de piedra, nos reuníamos para escuchar aquellos fantásticos relatos de la infancia.

Jugar en las calles atrapando mariposas blancas, amarillas, verdes o cafés con manchitas negras; ir a la escuela para aprender las enseñanzas dictadas por los maestros; salir de compras al mercado principal o a las tiendas de los barrios; acudir al catecismo y a las misas que en esos tiempos se celebraban en latín, y platicar con los amigos en la plaza del pueblo fueron acontecimientos que me permitieron escuchar a gran cantidad de narradores, pero nunca conocí a nadie superior en el arte de contar cuentos como mi abuelo Gregorio, padre de mi madre, a quien mis tíos llamaban Lin.

Quién sabe qué extraño encantamiento tenía, pues siempre nos mantuvo atrapados con sus palabras o sus gestos durante los momentos en que nos relataba historias increíbles.

Él, mi abuelo, sí sabía contarnos cuentos.

Un día, cuando me encontraba dentro de una cueva, a la que acudíamos para enhebrar tejidos de palma de guano, en compañía de mis primos, hijos de mi tía Ramona y de mi tío Gonzalo, le pregunté:

"Abuelo, ¿de dónde sacas tantos y tantos cuentos que parecen no acabar nunca?, ¿cómo le haces para que cada uno sea diferente?, ¿quién te los contó?"

Después de sentarse y ponerse cómodo en un banquillo de madera, dijo:

"Los cuentos pertenecen a todos, nadie es su propietario. A mí me los han contado mis abuelos, y a los abuelos de mis abuelos se los contaron sus abuelos… Así ha ocurrido sucesivamente…"

Y bajando el sombrero que le cubría la cabeza para asentarlo en el suelo, advirtió:

"El día de hoy, antes de que comience a relatarles algunos cuentos, quiero que hagamos un trato."

Mis primos y yo escuchamos ansiosos:

"A uno de ustedes se le va a encomendar la importante tarea de memorizar las narraciones; pasado un tiempo deberá escribirlas, pero si tiene dificultad para cumplir con este encargo, no debe sentir miedo, ya que tendrá una oportunidad de que se las repita para poder recordarlas. El elegido será un privilegiado pues si cumple, disfrutará el reconocimiento de todos. En caso de huir a esta honrosa distinción de memorizar y escribir los cuentos, merecerá el repudio de parte nuestra por no obedecer y cumplir con el compromiso."

Cuando el abuelo terminó, aguardó en silencio. Todos sus nietos nos vimos la cara con asombro. Tal vez cada uno de nosotros se preguntó: ¿quién de los aquí presentes será el elegido?, ¿podrá cumplir con esa tarea?

Y cuando nadie se atrevía a decir "yo puedo", el abuelo

rompió el silencio diciendo:

"En la bolsa izquierda de mi pantalón traigo unas semillas. Cada uno de ustedes sacará solamente una; al hacerlo, su mano deberá permanecer cerrada. Cuando todos tengan su semilla abrirán la mano hasta que yo lo ordene. El que saque el grano distinto al de los demás será el elegido.

"Nadie debe temer. La semilla con poder quedará pegada en la mano de quien habrá de cumplir con el trato.

"Debo decirles que esa semilla mágica sabe de nosotros, y conoce los pasos de nuestro destino, porque estamos hechos de su harina. Esta sabiduría que encierra, la dejaron escrita nuestros abuelos desde los tiempos en que el recuerdo y la historia de los hombres se grababa en las piedras de las pirámides y los templos.

"Repito: quien saque el grano diferente al de los demás, lo pondrá durante el día en la bolsa izquierda de su pantalón; por las noches, cuando se vaya a dormir, lo colocará debajo de su hamaca hasta que pasen nueve días, durante los cuales lo tendrá junto a él. Concluido este tiempo, irá al poniente de la huerta y lo plantará. Transcurridos trece días de la cosecha, se lo comerá. La simiente, una vez adentro de su cuerpo, le otorgará el poder de recordar todas las narraciones que a partir de hoy yo les relate."

Entonces exclamó en tono imperativo:

"¡Pasen por su semilla de maíz!"

Sin tardanzas, y antes de que volviera a dar la orden, sacamos apresuradamente de su bolsa la semilla que el azar nos asignó. Con las manos cerradas esperamos la nueva orden.

Antes, el abuelo dirigió una mirada penetrante a cada uno de los presentes y ordenó:

"¡Abran sus manos!"

Para sorpresa de los demás, y sobre todo para mí, una semilla de maíz amarilla, distinta a la de mis primos, estaba en la palma izquierda de mi mano.

De inmediato todos mis primos gritaron con alegría:

"¡A cumplir!, ¡a cumplir!, ¡a cumplir!"

Entonces el abuelo empezó, a partir de ese día, a contar sus fascinantes e interminables historias…

IV. Testimonio de una iniciación: la prueba del aire, la prueba del sueño

Éramos pequeños, mis primos y yo, cuando el padre de mi madre comenzó a preguntarnos lo que soñábamos por las noches.

Mis primos y hermanas, que en ese entonces tenían la facultad de recordar sus sueños, relataban sus vivencias, dejándome asombrado con las imágenes que describían con sus voces y el movimiento de sus manos.

En esas pláticas me hallaba en medio de pintores en el arte del relato. Si mal no recuerdo, Jorge Ramón volaba mucho y repentinamente caía al vacío; Julián se veía cuidar ovejas, gallinas y pavos en una parcela mitad huerta, mitad desierto; Gonzalo recordaba ver corazones sangrantes colgando de enredaderas fosforescentes en los atardeceres lluviosos; Gregorio recordaba atrapar mariposas que, en sus manos, se convertín abejas enormes que al zumbar lo dejaban aturdido; a Gloria, mi hermana mayor, la asustaba que un ángel sin rostro la aprisionara en el centro de sus pinturas expuestas en una casa de espejos. Yo, que no poseía la facultad de recordar mis sueños, me sentía extraño y desesperado entre aquella sociedad de soñadores.

Un día mi abuelo y yo estábamos en el monte de Chanya'.[1] Con cierto temor me atreví a preguntarle:

"Abuelo, ¿por qué yo no recuerdo mis sueños?"

Él, que estaba despuntando una horqueta con su machete encorvado, detuvo el corte y me dijo:

"En el Universo todo sueña ¡y todos sueñan!, pero no todos recuerdan sus sueños; sólo recuerdan sus sueños los limpios de corazón, los limpios de espíritu..."

Ante esa respuesta inesperada, guardé silencio.

Poco después de que acabamos de amarrar la leña con bejucos, cuya resina despedía un olor penetrante que se mezclaba con el de las jícamas recién desvestidas, prosiguió:

"El hombre, cuando nace a la vida terrenal, ingresa a la geografía de los seres durmientes. Si no trabaja con el poder de su espíritu, si no trabaja con el poder de sus sueños, es un hombre que vive dormido. Los sueños son revelación para la rebelión. Al soñar y recordar tus sueños puedes recobrar el código de tu primigenio y luminoso origen, y volver a la vida... somos fragmentos de luz... pedazos de sol..."

Al otro día, transcurrido la mitad, pues pasaban las doce, luego que terminamos de recoger huevos de codorniz, nos fuimos a sentar debajo de la sombra de unos arbustos. Allí, en ese lugar lóbrego que él limpió de piedras y hojas secas, hizo la limpieza con una escoba. Muy a gusto, y a su lado, sobre un enorme tronco leñoso, me dispuse a escucharlo.

Él , entonces, con tono enfático, comenzó a decirme:

"Después de que hicimos la ceremonia de El poder de un grano de maíz, y tú resultaste electo, te he venido observando y he visto en ti preocupación porque tú no recuerdas las voces, los rostros y los rastros que se ven y se oyen en los sueños. Estás pálido. Seguramente no duermes bien. Vi el otro día, luego que desgranaste maíz y quedaron unos granos en suelo, una figura. Esa imagen indica que es necesario practicar contigo una ceremonia y, a la vez, una petición para que puedas recordar tus sueños. Muy pocos saben que conocer el lenguaje de los sueños es poder; y, además, es un ilimitado poder si se llega a conocer sus veneros sanguíneos.

"Nadamás debes saber desde ahora, que tres días antes de la ceremonia deberás ayunar. Si el hambre te molesta, y sientes que no resistes el ayuno, podrás tomar sólo agua y miel. No más. El agua que vas a tomar es virgen. Tú, la irás a sacar y traer de un enorme pozo muy escondido en el monte al que no llegan los animales. Entrar a ese lugar es muy peligroso. La recolección de esa agua virginal, nadie más deberá hacerla más que tú. El día de la ceremonia es un día de recogimiento y de paz para ti. Ese día, y en otros más de tu vida, ¡como

---

[1] *Nombre de un lugar conocido como Pequeño Chicozapote.*

muy pocas veces lo hacemos!, es para que estés contigo. ¡Ah!, también, tendrás que renunciar a tu nombre con el que te llaman en tu casa y otras personas. No te asustes. Sólo ese día, vas a renunciar a ese nombre con el que respondes a los demás; porque, de ahora en adelante, vas a tener dos nombres: uno, el nombre secreto que ocultarás a los demás, incluso, a mí. Ese será tu nombre oculto. Sólo te servirá para las ceremonias que hacemos entre nosotros; y, el otro, lo seguirás usando para respondernos a nosotros y para responder a la gente. El día de la ceremonia vas a adoptar el nombre que oigas en la voz del viento o el que oigas desde tu corazón. Ya aprenderás a oírlos, desde, y en la intimidad de tus adentros. Cuando quieren, son uno los dos. Ese nombre secreto, único en quien trabaja con la fuerza de su espíritu para hallarlo, será tu nombre mágico… Y sólo tú, sólo tú lo sabrás. Nadie más…"

Y reiteró:

"Nadie deberá conocerlo más que tú. El privilegio de poder que otorga se acrecienta y se mantiene si guardas silencio de su origen. Este nombre en secreto es poder; si otros llegan a conocerlo, lo pierdes para siempre, quiero que sepas…

"Horas antes de la ceremonia de iniciación, deberás desalojar malos pensamientos que atan tu espíritu a los apegos de la carne. Los apegos, como las pesadillas, son la basura del alma.

"Quiero que sepas, además de lo que ya sabes, que este nombre secreto se parece a la llave de una casa. Te servirá, para que tú abras las puertas de tu espíritu y que algunas veces también aprendas a cerrarlas: para ti, en algunas ocasiones y, en otras, las mantengas cerradas para que otras personas no se metan en ti y acaben sujetándote. Este nombre secreto, y el otro con el que respondes a las personas en tu casa y en la calle, va a ser uno en ti. Nadie más que tú sabrás y decidirás cuándo empoderarte con cada uno de ellos, ya sea para ayudar a la gente o, en peligros y enfermedad, tomarlo para ti, si fuera necesario. Tú, lo que has hecho hasta ahora es oír tu nombre social y responder por él. Habitar tu nombre secreto te va a permitir, también, ser habitante del otro nombre con el que te nombran; a éste, lo has mantenido deshabitado. Hazlo tu habitáculo. Vive tu nombre. Si vives tu nombre desde el interior de tu corazón, nunca tu cuerpo, ni tu alma serán una casa desabitada.

"El nombre es el cuerpo sutil del alma. Hay personas que, por desconocer el poder oculto de su nombre, lo han convertido, sin saberlo, en un antifaz, o en una cáscara de su cuerpo…

"Finalmente, querido nieto, si vuelves a soñar y hallas tu nombre secreto en las ceremonias que habremos de hacer, habrás de convertirte de Cazador de Sueños en hijo de Cazador de Auroras…"

La tarde del 19 de marzo de 1961, mi abuelo llegó a la casa para hablar con mi padre y mi madre. Concluida la plática, supe que había ido a pedir que no fuera a la escuela al día siguiente, porque lo acompañaría al monte.

Oscurecía cuando mi abuelo y mi padre salieron a tomar chocolate que mi madre preparó, antes de que mi abuelo se fuera a descansar a su casa.

De madrugada, y con el mayor sigilo, mi padre fue a encaminarme al lugar, cercano a la huerta, donde mi abuelo me aguardaba.

Al llegar, él ya estaba listo y partimos...

Camino a la milpa iba detrás del abuelo.

Delante de él avanzaban y retrocedín, oliendo y marcando las veredas con sus orines, los perros Navai, Bok'bok y P'urush. Los veí a merced de la luz de la lámpara de mano que el abuelo traía encendida.

A nuestro paso por los atajos, los grillos pasaban revista a las sombras en movimiento... De tanto caminar, los pies y las *alpargatas*[2] estaban húmedos de rocío.

Atrás de nosotros, al poniente, el pedazo de luna que presidió nuestra salida de la huerta se ha ocultado sigilosamente sobre el tupido biombo de ramas de árboles, típicos de la región: el frondoso ts'alám[3]; el ts'its'ilche, cargado de néctar y aromas de miel, el k'anlol de campánulas amarillas, que entrelazados ensombrecían nuestro camino a Oriente.

A punto de llegar a nuestro destino, los perros ladraron y, abriéndose paso entre el follaje, se fueron a perseguir el movimiento de algún animal. En su estampida alborotaron a las chachalacas que escandalizadas corrieron sin rumbo. Una casi me atropella y me hace soltar el calabazo de agua que traía en las manos. De pronto algo pareció asustar a los perros que regresando junto a nosotros ladraban sin descanso... El abuelo apagó la luz; enceguecido por la repentina oscuridad tuve ganas de correr, pero el abuelo me detuvo tomándome del brazo izquierdo. Al sentir su mano firme apacigüé el escalofrío que sacudía mi cuerpo. Los perros se callaron y seguimos con nuestro destino recorriendo veredas y atajos...

Pero cuando íbamos a pasar por encima de los troncos que servían de entrada a la milpa, una víbora de cascabel aporreó su cola en el suelo y nos advirtió de su presencia. El abuelo y yo la buscamos por debajo de los palos y bejucos secos hasta encontrarla enroscada y con la cabeza erguida. Despedía furia por sus ojos y, amenazante, nos impedía el paso. A diferencia de otras veces, el abuelo le habló al animal de manera tranquila y la conminó a retirarse. La víbora bajó la testa y, estirándose, desapareció de nuestra vista.

Brincando con precaución llegamos al cobertizo de palmas, cuando aún no amanecía...

Allí, en el centro de la milpa de Nojk' ankab,[4] solemne se imponía el silencio.

En medio de las tinieblas todo estaba en sosiego, en

---

[2] *Sandalias de cuero.*
[3] *Árbol maderable que alcanza una altura de 25 a 30 metros*
[4] *Lugar de la Gran Tierra Roja. Está situado a tres kilómetros al Oriente de la ciudad de Calkiní. En este lugar, don Gregorio Pech realizaba ceremonias y rituales antiguos*

quietud, en paz. Junto a mi abuelo, hijo de Cazador de Auroras, estábamos al acecho, estábamos a la caza del alba.

Él, arrodillado detrás de mi cabeza y con las manos extendidas sobre mi frente, esperaba una señal mientras repetía un conjuro poco audible. Decía:

"Óoken tak'an, jóok'en cheche'… oóoken tak'an, jóok'en cheche'… óoken tak'an, jook'en cheche'…".[5]

En esos momentos de oración, en esos momentos de encantamiento, estaba desnudo y tendido sobre un tapete circular de hierbas, predominantemente k'akaltún,[6] y con el cuerpo situado hacia el Oriente. Olía a humedad y a suave copal[7] que el abuelo había sahumado en el entorno: un techado de palmas, hileras de plantas de yuca, uno que otro palo de nanche y el cuerpo enorme de una ceiba que presidía el ritual de los prodigios…

Al cabo de un rato, el abuelo cesó de orar.

Inusitadamente empezó a respirar fuerte y pude percibir que se convulsionaba. Cambió de voz y ésta era más ronca. Su voz no era la suya y me pareció que salía de las profundidades de una cueva; por lo que dijo y no entendí, seguramente hablaba en el idioma del maya antiguo.

Así, y luego de experimentar una calma reconfortante, hasta entonces para mí desconocida, pasaron largos minutos…

Inesperadamente convocó la presencia de los vientos de los puntos cardinales: *lak'íin,*[8] *chik'íin,*[9] *nojol*[10] y *xamán…*[11]

A la tercera invocación sopló el aire tibio que traía la dirección de *lak'íin,* arrastrando la hojarasca de los árboles…

De pronto, empecé a estremecerme y sentí un cosquilleo en todo el cuerpo. Inmediatamente una luz celeste, que luego se convirtió en dorada, envolvió mi cuerpo y el de mi abuelo. Silbó en eco el *bech'*[12] y otra vez reinó el silencio; silencio que fue interrumpido por la advertencia del abuelo, quien exclamó:

—*¡Ti'ólal a k'ik'el bin a wóojelté tu'ux ku tal u chun a wíinklil, tu'ux ku tal u chun úuchben a ch'i'ibalo'ob…!*

"¡Por tu sangre sabrás el origen de tu cuerpo, también, sabrás el origen de tus antepasados..!"

—*¡Bálé, ti'ólal a wáayak bin a wojelte' tu'ux ku tal u chun a pixan, tu'ux ku tal u chun u xul a bel…!*

"¡Pero, también, por tus sueños, sabrás de donde viene el origen de tu espíritu, de donde llegará el origen del fin de camino…!"

Luego añadió:

"Los sueños no se extinguen igual que los hombres.

---

[5] *Conjuro: ¡Entra madurez, sal inmadurez!*
[6] *Albahaca silvestre, de uso medicinal. Sus hojas y raíces se emplean como purgante.*
[7] *Árbol cuya resina se usa como incienso para ceremonias religiosas*
[8] *Oriente.*
[9] *Poniente.*
[10] *Sur.*
[11] *Norte.*
[12] *Codorniz*

En ocasiones se declaran muertos sueños que viven. Mas los sueños son casi perennes: se resisten a ser enterrados o realizan el prodigio de volver, de resucitar…

"Antes de que el sol se asome en destellos luminosos, los sueños de nuestros antepasados se cumplirán y habrán de estar con nosotros al conjuro del poder del silencio,

"No olvides que los sueños no son para acumular saber, ni para entregarse a las fantasías. Los sueños son una rendija de luz para el ejercicio del poder del espíritu. A su paso intemporal, y a veces incoherente, los sueños dan cuenta de tu historia personal que remonta años hacia atrás o hacia adelante, y dejan signos, claves y rastros…

"Soñar es un ejercicio del espíritu que trata de escapar de la prisión de la carne, y recordar tus sueños te servirá para tu superación interior…

"El hombre que vive y no sueña es un hombre muerto en vida. Mas ¡ay de aquel que sueña y no realiza sus sueños! Acosado por las pesadillas acabar por sucumbir al insomnio de una realidad que no es suya.

"Sé un guerrero incansable con tus sueños y busca dentro de ti el objeto de tus conquistas.

"Realizando tus sueños no serás esclavo de nadie, ni pretenderás someter a otros, porque habrás probado los caminos de tu verdadera liberación.

"Recuerda siempre que, en el universo de la naturaleza, los sueños se convierten en realidad.

"La lluvia es el sueño del agua.

"El humo es el sueño del fuego.

"El azul del cielo es el sueño eterno del aire.

"Pero tú, que estás hecho de maíz amarillo como esa luz que nos cobija, ¡despierta!, ¡abre los ojos!, ¡abre el espíritu! Tú, hombre, ¡tú eres el sueño privilegiado de la Tierra!

"El hombre que vive y no sueña, aunque viva muchos años, es un mutilado de espíritu, es un hombre muerto en vida.

"¡Vive!, ¡realiza tus sueños!, ¡accede a su luz!, que tu vida, sueño que otros soñaron, será inmortal."

Más tarde, cuando abrí los ojos, contemplé extasiado el obsequio de la aurora: amanecía y, en el cielo, una greca enorme filigranada en nubes ámbar y rosa inundó de paz mi alma.

V. La entrega del nombre

Mientras espero a que mi abuelo llegue a la milpa siento el aroma del monte que me trae el viento fresco de la tarde. Huele mucho a hojas de hierbas que la lluvia ha mojado; y es el olor de unas flores pequeñas que otras veces he ido a cortar para ponerlas en el altar en donde se reza a los dueños del monte. Pero yo me pregunto: ¿por qué mi abuelo se ha tardado en llegar a este lugar de la siembra? Ya hice lo que me dijo: escarbé el hueco que me pidió que hiciera debajo del árbol en donde siempre hacemos las ceremonias. ¿Qué irá a meter en el hueco? Hay días en que hace cosas que no entiendo. Cuando le pido que me explique, él me dice que hay cosas que se hacen y que no necesitan explicación. Y lo dice de esta manera: "Tú estás viviendo en los años en que sólo se obedece." Hoy estoy molesto. No me gusta esperar. Hay días que me disgusta estar solo, como esta tarde en que estoy esperando al padre de mi madre y no llega. ¿Qué iremos a hacer en la noche o en la madrugada? Hace un rato oí, no lejos de aquí, que alguien había disparado su escopeta y pensé que era él... El otro día, cuando estaba esperándolo para comer, llegó con una víbora de cascabel. Le quitó la cabeza y, luego de sacarle la piel al cuerpo del animal, la puso a hervir y la comimos durante tres días. Otro día, después de no comer y sólo tomar agua, fue por una víbora de cascabel. Cuando llegó con ella, luego de colgarla en el tronco central de la cabaña, le cortó la cabeza. Puso debajo del cuerpo sangrante de la víbora una jícara para recoger la sangre, que luego tomamos antes de una ceremonia. Yo me sentía un poco mareado y recuerdo el conjuro que pronunció mi abuelo:

"Trece vueltas hará tu espíritu alrededor del pozo; trece vueltas hará tu espíritu alrededor del fuego; trece vueltas hará tu espíritu alrededor del aire; trece vueltas hará tu espíritu alrededor de la tierra. Ahí donde estás de pie; ahí donde se enterró tu ombligo: primera ofrenda de tu carne para la tierra, tributo primigenio destinado para los protectores de tu alma, alimento sagrado para la madre originaria de tu cuerpo.

"Por eso, se te entrega tu arco, se te entrega tu flecha, se te entrega tu lazo, se te entrega tu hierba, se te entrega tu piedra, se te entrega tu esquina, se te entrega tu color, se te entrega tu viento, se te entrega tu nombre. Se te entrega, se te enreda, se te entierra, se te pega, se te queda.

"Y para que busques el sostén de tu cuerpo: se te entrega tu arco, se te entrega tu flecha, se te entrega tu lazo, se te entrega tu piedra, se te entrega tu hierba. Se te entrega, se te entrega, se te entrega... Se te entrega, se te enreda, se te entierra, se te pega, se te queda... No lo olvides.

"Ya sea para que lo halles en el agua clara del enorme pozo; ya sea para que lo halles en el crepitar del fuego que arde en tu casa; ya sea para que lo halles en los augurios del viento, ya sea para que lo halles en el aroma de la tierra que, preñada de tu simiente, anuncia el retorno de tu linaje.

"Y para que encuentres la perpetuidad de tu espíritu: se te entrega tu nombre...

"Se te entrega tu esquina, se te entrega tu color, se te entrega tu viento. Y sea tu nombre, ave canora en el despertar de la tierra, conjuro de gratitud que salude la eternidad del resplandor de la aurora; y sea tu esquina la que, provista de piedras preciosas, mire más allá del alba, sitio originario del poder de tu palabra; y sea el viento del Oriente, el hálito sagrado del poder del silencio, en los días cuando tengas que guardar tu palabra, para que sólo el soplo divino se aloje y reine al interior de la fuerza de tu corazón; y sean las alas transparentes del viento, voces que encuentren la estera espiritual, que a manera de consejo, que a manera de oración, gobiernen la envoltura de tu cuerpo...

"Por eso se te entrega tu nombre.

"Se te entrega después de haber dado trece vueltas

por los rincones de las trece esquinas del cielo.

"Se te entrega, después de haber subido trece escaleras, para llegar al lugar de las trece preguntas y de las trece respuestas.

"No olvides que se te entrega tu nombre, que lo es solamente para que lo oigas y lo conozcas tú. Sólo es para que lo recuerdes. El nombre sagrado de un hombre, que es para el abrigo y la fuerza de su alma, ¡recuérdalo!, no se escribe; además, ese nombre es tu fuerza y esa fuerza será grande y poderosa si guardas silencio de su origen; por lo que nadie deberá conocerlo más que tú; porque en él, viviendo al interior de tu espíritu, radica tu poder en la tierra.

"Se te entrega, se te enreda, se te pega, se te entierra... Se te queda en tu cuerpo... Se te queda en tu alma, ya que tu alma es la envoltura sagrada de tu cuerpo, envoltura sagrada de tu nombre."

Y en tanto el abuelo iba poco a poco deteniendo sus palabras, desde la quietud del lugar en donde estaba oyéndolo, yo mantenía los ojos cerrados.

Cuando todo quedó completamente en silencio, empecé a percibir el resuello de su respiración profunda, hasta me pareció oír el apacible sonido de la energía de su cuerpo. Y, como nunca antes en mi vida, desde aquella ceremonia nocturna en la que me había convertido en el verdadero habitante de mi nombre y en el único e irrepetible habitante de mi espíritu, al abrir los ojos, sentí que era yo mismo, pero distinto al mismo tiempo. Oía... sí, pero aún cerrando los ojos podía entrar y salir más allá de la luz que envolvía las cosas. Y tuve miedo. Miedo de ya no volver a ser como antes. Ser yo mismo y, a la vez, sentirme distinto me turbaba, me aturdía. Quise huir, pero ¿hacia dónde? Me preguntaba a mí mismo: ¿por qué huir de ser distinto si, en esa escapatoria de ser uno mismo, me veo caer en las trampas de las dudas?

Atrapado en ese laberinto de titubeos pensaba que lo fácil, lo cómodo, era quedarme en el no ser y ser lo que otros deciden por uno. Pero, a partir de hoy, me decía: ¿qué hacer con mi nombre oculto en medio de este laberinto en donde las hojas de los árboles, trastocándose en infinidad de ojos, miran el azoro de mi espíritu renuente a ser distinto? ¿Qué haré con mi nombre y mis apellidos indígenas, en medio del bullicio de números, de expedientes y claves itinerantes, en su pretensión de convertirme en un hombre sin identidad, en un sujeto sin rostro?

En este enredo, y a mitad del camino, si regreso a ser como antes, tendría que renunciar a mi nuevo nombre que me hace sentir distinto e inquieto. Pero ya no puedo. Comenzar a conocerse es paralizar todo: dubitar. Y el posible camino de salida hacia delante quizá esté en refugiarme en un viejo mandato que había oído de mis mayores: duda de tu duda. Sí, duda de tu duda, dicen los que alguna vez, tentados por la duda, acabaron rompiendo sus espejismos seductores.

Pero, esta noche, y en la plenitud de mi adolescencia, cuando más requiero de certezas, cuando más necesito de caminos seguros, ¿podría yo dudar del origen de mi nombre milenario?, ¿qué satisfacción o vergüenza sienten aquellos que, a disgusto con su origen maya, traducen y cambian al español sus nombres y apellidos? Y, ahí, parado como al inicio de la ceremonia, mosqueándome, mordiéndome, las dudas iban y venían... hasta que la noche se hizo infinidad de pedazos. Como un disparo acallado por las luces en el horizonte, la noche escribió su epitafio sobre las alas de un murciélago que, apresuradamente, fue en busca de refugio en los laberintos de una gruta.

Cuando abrí los ojos, amanecía, aclaraba. La ceremonia que duró más de siete horas se había llevado los despojos del cómo era yo antes del ritual. En esos momentos, sin desconocer las experiencias pasadas, y advertido de que el futuro depara sorpresas, elegí el salto hacia Oriente, elegí los pasos hacia delante. Y en ese trayecto, y sin posibilidad de retorno al mismo lugar, me quedó claro que mi nombre, con el que se me inscribió en el Registro Civil del pueblo, pasaba a ser el habitante de mi cuerpo; y el otro, el nombre secreto que me había sido revelado esa noche, pasaba a ser el habitante de mi espíritu.

Más tarde, el abuelo dispuso el retorno a la huerta. Ordenó que la pesada carga de los costales de maíz, los aperos de labranza y las calabazas grandes se subieran en la carreta. Los machetes encorvados y el par de escopetas, Mauro y Goyo, hijos de don Feliciano Tuz, los traían a mano por si se requerían.

De regreso al pueblo, por el viejo camino cuyos senderos alguna vez nos habían llevado a la ciudad de Uxmal, pasando por X-Nojlam, X-Koloxché y Xikinchaj, encontramos decenas de carretas. Aquello, ese desfile de carretones ruidosos con su pesada carga de costales de maíz, era romería. Era, en esas épocas del verano, una fiesta al interior de los caminos. De vez en cuando, un pleito de perros molestaba esa algarabía trashumante.

Al principio del trayecto de vuelta al pueblo, venía montado sobre los bultos de maíz, en tanto que Mauro, asido a una cuerda de hilos de henequén, conducía la carreta con la mano izquierda. A su lado, mi abuelo y su consuegro platicaban animadamente en lengua maya relatos de aparecidos y fantasmas, cuentos e historias de héroes ausentes en las páginas de mis libros de la escuela, pero que a mí me fascinaban más que lo que iba a aprender en el salón de clases. Oyéndolos platicar, de vez en vez dormitaba, y al oír los golpes del chicote de cuerda sobre el lomo de los caballos, me despertaba desconcertadamente con su estridencia; pues, el estar arriba de la carreta oyendo sus chirridos al escalar las piedras del camino me permitía oír su queja, que suponía nadie escuchaba excepto yo, ya que estaba sentado en la cima de los endurecidos costales de maíz.

Sí, la carreta llevaba a cuestas nuestro peso, pero yo llevaba, además, el peso de mis angustias. Pero ¿qué pesaba más? El peso de la carreta, distinto al mío, no era igual. Lo de ella era una carga, lo mío eran pesares. La carreta, una vez desocupada de su carga, aliviaría su peso; en cambio yo sentía que mis angustias pesaban más.

Y se me había dicho: de ahora en adelante, sabrás que tu poder no radica en la fuerza de tu cuerpo, sino en el aliento de tu nombre, fuerza inquebrantable de tu alma.

Cuando llegamos a la huerta, había oscurecido. Esa vez, ya muy noche, se me ordenó dormir apartado de los demás. No me sentí a gusto. Temía no poder mantener en silencio el nombre con el que se me había investido. Se me dijo que nadie más que yo era el depositario de mi nombre secreto. "Si otros lo saben, lo pueden usar para destruirte." Esa noche estuve llorando a solas, pues el peso de saber ese nombre me aplastaba y creía que no iba a callarlo para el resto de mi vida.

Más tarde, no supe en qué momento, el cansancio se impuso a mis angustias y me quedé dormido; pero, antes, mucho antes de dormirme, recordaba las imágenes de la ceremonia, así como las palabras y las advertencias del abuelo Gregorio, quien me había dicho:

"No fue fácil encontrarte. Pensábamos que no ibas a ser tú quien llevaría el nombre que ya conoces. Ramón y Gonzalo estuvieron muy cerca de recibir esa ofrenda, ese regalo. Dudamos mucho. Para estar seguros de saber quién iba a cargar con la responsabilidad de llevar ese nombre, tuvimos que consultar a otros que saben de esas cosas. Así llegamos a ti. No lo olvides, pues ese nombre asegura la permanencia de nuestro linaje en la historia y en el tiempo.

"Hoy, como hace muchísimos años, el nombre que lleva un hombre es su carga. Si lo lleva con dignidad, no pesa; si lo lleva a disgusto, cansa. Mantén limpio tu nombre como el interior de tu casa; porque tu nombre es la casa de tu alma. Si tú quieres, tu nombre podrá ser luz perpetua; si abdicas de su dignidad, tu nombre sólo será una ruidosa cáscara que se acaba con tu vida. Hoy día, hay hombres que sólo conocen su nombre porque se lo han repetido infinidad de veces; entonces, ese hombre es un eco que caduca con su vida. El tuyo, tu nombre secreto, si tú quieres, si tú lo conviertes en la morada de tu alma, será como el viento que preña el retorno de tu linaje: él es el único que no muere sobre la tierra."

VI. El secreto de los pájaros I

ra de madrugada.

Adentro de la casa, techada de palmas y cubierta por un muro hecho de palos y lodo seco con mezcla de zacate, podía oír los repentinos suspiros de mis primos y del abuelo Gregorio. A ratos, colándose entre las rendijas de la puerta principal, el aire nos obsequiaba el olor penetrante de un árbol de guayaba, que en verano mostraba su pesada carga de frutos verdes y amarillos.

Ahora que todos están dormidos e ignoran que permanezco despierto, recuerdo aquellas mañanas cuando, al dirigirme a la escuela del pueblo, caminaba de la choza del abuelo al portón que da a la calle, oliendo gratamente la suave fragancia de jazmines y naranjos en flor, mecidos ligeramente por un enjambre de abejas, mientras emitían un sonido parecido a la terminación de cánticos en latín, que oíamos durante la celebración de las misas oficiadas por el sacerdote de la parroquia del pueblo.

Éste era el sonido: Mmmmmmmmmmmm...

Lo recuerdo.

Sí, era de madrugada, cuando el batir de las alas y el canto de los gallos, confundiéndose con el repique de las campanas, no había interrumpido aún el descanso del abuelo.

Sí, ahora que estoy despierto y solitario, recuerdo que el conocimiento que el abuelo tenía acerca del paso del tiempo, obtenido algunas veces de manera inesperada, consistía en interpretar la sombra proyectada por los árboles; en escuchar con atención el canto o la queja de las aves, emitidos ya sea de día o de noche; en observar detenidamente la dirección que seguía el paso de las hormigas y el tendido de la red de las arañas; en leer los colores del halo de la luna, en noches de plenilunio, y en descubrir otros lenguajes de la naturaleza, que mi abuelo consideraba la depositaria de la sabiduría del Universo.

Era de madrugada... y cuando el alba estaba a punto de levantar sus pestañas de nubes encendidas, el abuelo despertó. Al darse cuenta de que me movía en la hamaca, me dijo:

"¡Niño! ¡Levántate! Hoy saldremos en busca de los primeros silbidos de un ave canora.

Desconcertado pregunté:

"Abuelo, ¿y para qué me servirá conocer el silbido de ese pajarillo?

Él respondió:

"Hace tres meses me dijiste que al despertar recordaste una palabra que habías oído durante un sueño. Esa palabra indica que debes encontrar a cinco pájaros que silban y trinan de manera diferente. Si reunimos los cinco silbidos hallaremos un nombre. Ese nombre encierra o posee la fuerza de un canto, que es para ti."

Yo repliqué:

"Y ¿para qué quiero esa fuerza?, ¿para qué habrá de servirme ese canto?"

Él explicó:

"Al nacer, un hombre necesita de un protector. Tener a los padres, a los hermanos y a otros miembros de la familia no es suficiente. El techo, la alimentación y los cuidados que nos dan nuestros padres, hermanos y abuelos, nos ayudan a crecer. Pero la protección y la necesidad de contar con una fuerza que avive tu alma son asuntos personales. Aunque nos parezcamos unos a otros y tengamos como familia algo en común, cada hombre o mujer es diferente.

"La protección de la que te hablo puede ser una palabra, un sonido, un canto, una oración; una piedra, una estrella; una hierba, un árbol, una flor, una semilla; una lagartija, un perro, un pájaro; un viento, un color; un lugar determinado, un camino; el agua de un pozo, de una aguada, de un río o de un manantial.

"Hombre o mujer, si no conocen esta protección, corren muchos peligros. Mmmm... estos objetos, palabras o partes de una planta son fuerza y protección, y cada uno de nosotros debe hallarlo... guiado por alguien que sabe."

Hizo una breve pausa y me dio la espalda. En silencio descolgó su hamaca y la guardó en un viejo cofre que chirrió al cerrarlo, luego dijo:

"Hay personas que no creen estas cosas. Debemos ser respetuosos de sus creencias; también hay personas que no las necesitan, o creen no necesitarlas... Tú sí las necesitas, porque la palabra que recordaste de aquel sueño dice que tu protección es un canto, y ese canto es tu fuerza."

Salimos a la enramada que servía de cocina. Allí, levantando la cafetera de peltre, me indicó que le acercara dos jícaras para llenarlas con agua caliente.

A su jícara le añadió café y azúcar. Yo sólo tomé agua caliente.

Después ordenó:

"Anda, ¡apúrate! Tenemos que encaminarnos antes que canten los gallos. Date prisa en arreglar tu morral... y no te pongas las alpargatas.

"Toma el calabazo pequeño que está colgado en el alero de la cocina. Tiene agua que sólo a ti te pertenece. Dentro de tres horas podrás volver a beber otro trago de agua."

Al pasar por la cocina apagó el fogón echándole agua en abundancia. El humo provocado por el agua al caer sobre los leños me hizo toser fuertemente. Cuando creí que me ahogaba, el abuelo me golpeó la espalda y recobré la tranquilidad.

Enseguida advirtió:

"Nuestro destino puede ser corto o largo, y puede que encontremos, el día de hoy, al pájaro que responda a nuestros silbidos. Si al llamarlo emite cinco trinos sin interrumpirse, y después responde a otros silbidos que emitamos, ése será el pájaro que buscamos."

Antes de colocarse el sombrero, que descolgó de un palo sobresaliente del muro de la cocina, precisó:

"Luego de escuchar el silbido de cada pájaro, debes aprender su trino. Forma parte del canto del pájaro que andamos buscando.

"Te advierto que si tenemos que caminar mucho y sientes hambre, no comerás ni beberás a escondidas. El ayuno y el que tengas presente al pájaro que llamaremos, te servirá para atraerlo.

"Concéntrate bien. No sea que por tu distracción tengamos una larga caminata. Gran parte de la responsabilidad para encontrar al pájaro depende de ti. Yo sólo estoy para servirte de guía en el camino de tu búsqueda.

"Recuerda que esta vez vamos en busca de un ave matinal. Si te esfuerzas en llamar al pájaro con todo el poder de tu corazón, puede aparecerse y obsequiarnos su canto, pero si transcurre el mediodía y no lo encontramos tendremos que salir nuevamente el día de mañana."

Mis primos dormían cuando, sin provocar ruidos,

abandonamos la choza.

Ya sobre la marcha, el abuelo iba adelante de mí. En su mano derecha llevaba un machete encorvado, en su mano izquierda traía una vara puntiaguda. Vestía un pantalón y una camisa blanca sin cuello. Un sombrero con una cinta roja, ajado por el exceso de uso, ceñía su cabeza erguida. Los dos íbamos descalzos.

En el camino pasamos por un patio enmontado de limonarias olorosas. Allí, en ese terreno, estaban las colmenas de abejas. Después brincamos a horcajadas la cerca de piedras del corral y nos enfilamos por una vereda lóbrega de arbustos hasta que salimos al camino grande.

En silencio y sin apurar el paso, como el abuelo había advertido, avanzamos en dirección oriente.

Esta vez no nos acompañaron, como en otras ocasiones, los perros guardianes de la huerta. Parecía que, a esas horas de la madrugada, se habían ido a otra parte o que merodeaban en grupo a una perra en brama.

De tanto caminar e ir llamando silenciosamente desde mis adentros a un pájaro que mi abuelo me había dicho cómo era, no me di cuenta del transcurso del tiempo.

Al cabo de un buen rato, y cuando habíamos pasado los empedrados montículos de descanso, lugares conocidos como Pequeño Chicozapote y Gran Tierra Roja, llegamos a un crucero. Ahí, el abuelo, sin pensarlo mucho, orientó el paso hacia los montes de Chunts'alam.[13] Al llegar a este sitio, se detuvo a cortar unas ramas que dejó en la tierra como señal.

Empezaba a clarear cuando me pareció oír en la lejanía un silbido monótono. Sin dudarlo, estuve cierto que provenía del pájaro que traía en la mente.

—Juuuuuuuuuuuuuuuuuuuuuu.

Quise seguir caminando, pero ya no pude. El silbido me había paralizado por completo. Ahí, inmóvil, otra vez escuché:

—Juuuuuuuuuuuuuuuuuuuuu.

Entonces el abuelo, que iba adelante de mí, volteó la cara y, mirándome silencioso y sereno, me ordenó:

"¡Arrodíllate! Besa la tierra, antes que el pájaro emita por quinta vez su silbido. ¡Apúrate!, las oropéndolas pueden alejarlo."

De inmediato, y sin perder tiempo, obedecí. Me arrodillé para besar la tierra y con la frente en alto escuché a mi derecha.

—J u u u u u u u u u u … j u u u u u u u u u u u u u u u u … juuuuuuuuuuuuuuu.

Iba a levantarme para preguntarle al abuelo qué debía hacer, pero un silbido me detuvo. Esta vez escuché:

—Ch'ujuk, ch'ujuk, ch'ujuk.

Sobre mi cabeza, como a un metro de distancia, un colibrí de colores verde, azul y rojo aleteaba y, suspendido arriba de una flor amarilla, repetía:

---

[13] *Lugar de cultivo situado al Oriente de Calkiní. La palabra está compuesta de dos palabras mayas: chun, tronco u origen; y ts'alam, un árbol maderable.*

—Ch'ujuk, ch'ujuk, ch'ujuk.

De pronto atrás de mí, escuché:

—Uts'... uts'... uts'... uts'... uts'... uts'... uts'...

Aturdido busqué al pájaro que emitía ese sonido y vi a un zopilote negro con sus alas extendidas parado sobre unas ramas de pitaya.[14]

Entonces, aún arrodillado, pude ver y escuchar con claridad a un pájaro rojo situado frente a mí que emitía un trino hermoso.

—Buk pulishh... buk pulishh... buk pulishh.

Al rato, y después de haber escuchado a los pájaros, localicé a mi abuelo. Él, al igual que yo, estaba arrodillado en medio del camino. Al levantarse, volteó a verme y, con un gesto, me ordenó que siguiera caminando en silencio. Me sentí cansado pero no protesté. Caminamos por una vereda con bastante zacate; luego subimos un pequeño cerro y cuando empezábamos a bajarlo, se abrió ante nosotros un valle poblado de unos árboles llamados nance. Íbamos emparejándonos en ese camino, cuando a mi lado izquierdo escuché:

—Uuuuuuuujú...   uuuuuujú...   uuuujujú... uuujujujujú... uujú.

Silbido que se repitió en eco por todo el valle y me hizo sentir muy contento.

Fue entonces cuando el abuelo permitió que lo alcanzara. Caminando a su lado le pregunté por la hora.

Él respondió:

"Han pasado más de tres horas. Debajo de la sombra de ese árbol de jícara[15] —señaló con el dedo índice de su mano derecha— tomaremos agua y miel. Después podrás recoger los frutos amarillos del árbol de nance. Antes, presta atención a lo que te diré."

Y severamente me explicó:

"Tienes mucha suerte. El último pájaro que escuchaste, y cuyo trino retumbó por todas las direcciones de la llanura, es el pájaro que oíste en tus sueños. Aquí, en esta tierra, se le conoce con el nombre de Sakpakal, paloma blanca. Pero tú no recuerdas haber visto en tus sueños que esa paloma cantaba en un árbol de jícara. El canto del colibrí y las alas abiertas del zopilote en dirección del Oriente nos dieron las señales para llegar a donde estaba la paloma.

"El colibrí nos dijo en su trino: ch'ujuk, que significa dulce; el zopilote negro que pronunció el sonido uts', uts', dijo: bueno, bueno. Ambos nos comunicaron que de ahora en adelante lo que está contigo será dulce y bueno. Por eso cuando llegamos a este lugar, encontramos a la derecha del camino a la paloma cantando de alegría porque has encontrado el canto de los cinco pájaros, que es tu fuerza y protección."

"Y el primer pájaro, ¿qué me dijo?"

Él me explicó:

---

[14] *Planta parásita que produce frutos redondos, comestibles, de color rosa.*

[15] *Palabra de origen náhuatl. En maya a este árbol se le llama luch-ché. Produce un fruto redondo, que al sacarle su pulpa, se pone a secar. Después de limpiarlo se usa como recipiente para ingerir agua.*

"Ese pájaro se llama *Nom*;[16] es tu pájaro guía en el monte. A través de su canto nunca perderás el camino de tu vida. Si te fijas bien, la terminación de su nombre se parece al último sonido de tu apellido paterno; además, el amarillo oro, dominante en el plumaje de las yuyas que acompañaban al pájaro Nom cuando éste emitía su canto, es el color que te servirá para atraer la buena suerte. Pero tu pájaro protector, ahora que eres niño, será el pequeño colibrí, que significa la dulzura, no por su canto, sino porque su corazón representa el cariño entre los hombres y las mujeres.

"Tienes mucha suerte —reiteró— porque en un solo día encontraste los cinco trinos de los pájaros. A mí, me costó tres largos años buscar mi protección."

De regreso a la huerta y cuando el sol comenzaba a declinar, le pregunté al abuelo.

"Abuelo, ¿qué son los pájaros?"

"Te lo voy a decir: pero no te distraigas, porque entonces te vas a quedar atrás de mí, y yo terminaré hablando solo."

"Te prometo que no lo haré."

Entonces él, satisfecho, me respondió:

"Los pájaros son libres cometas ambulantes que, al posarse en el ramaje de los árboles, nos regalan cantos y plegarias: la voz primera de la creación."

"¿Sólo eso abuelo?"

"No. En cada trino y en cada color de su plumaje está escrito el oculto nombre del Creador del Universo. De ahora en adelante sabrás que el nombre del creador está en el dulce trino de veinte pájaros y en trece colores del plumaje de ellos. Con estos rastros podrás conocer la revelación del nombre que buscas."

"Entonces, ¿cómo podré pedirles a los pájaros que me revelen el oculto nombre del creador?"

"Para ello, para que los pájaros te revelen el nombre del creador, necesitas despertar... Despertar por las madrugadas, y oír la dulce y suave armonía de las palabras de un pájaro que habita dentro de tu corazón. Si le prestas atención, oirás las palabras suplicantes de un ave presa que añora libertad."

"Abuelo, ¿podré algún día contemplar a ese pájaro que late y vive dentro de mí?"

"No. Porque adentro de ti existe un pájaro rojo que al cantar te prolonga la vida, y fuera de ti será un pájaro blanco que te llevará al regazo del creador cuando llegue el día en que tu cuerpecito abandone la Tierra."

"Abuelo, yo quiero ser ese libre pájaro rojo que aprenda el nombre del Creador del Universo para decírtelo a ti, a mi padre, a mi madre, a mis hermanos y a todos los habitantes de la Tierra.

"O, ¿es que los hombres prefieren vivir ignorando el sagrado nombre de quien han recibido la vida?"

Pasaron unos segundos, pero mi abuelo ya no me escuchaba.

"¡Abuelo! ¡Abuelo! ¿Por qué no me contestas? ¡Abuelo!

---

[17] *Perdiz.*

¡Abuelo! ¿Por qué te quedas callado?..."

Quise insistir con más preguntas pero, al mirarlo pensativo, opté por guardar silencio mientras caminábamos por las veredas que nos conducirían a la huerta.

Al atardecer de ese mismo día llegamos a la plantación de frutales. El abuelo, cansado por la larga caminata de la madrugada, que concluyó poco después del mediodía, dispuso que no lo molestáramos porque quería dormir un rato en la casa de mampostería, localizada junto al sembradío de palmas.

Aprovechando que mis tíos no me ocuparían en labores de la huerta salí a la calle a jugar kimbomba[17] en compañía de mis primos y hermanos.

A un costado del portón de la huerta donde jugábamos, estaban estacionadas carretas cargadas de sacos de maíz recién cosechado por agricultores procedentes de los montes cercanos a Uxmal. Aquello era una romería: mulas comiendo zacate; caballos tomando agua de las cubetas de latón; perros guarecidos del sol debajo de las carretas, o en disputa escandalosa por un mendrugo de tortilla; hombres comiendo mientras platicaban en lengua maya.

Cuando estábamos más entretenidos midiendo qué tanto había recorrido la punta de la kimbomba, por el camino por donde habían llegado las carretas, vimos venir a Manuel Millán, amigo y compañero de

la escuela quien, diestro en atrapar aves canoras y de bello plumaje, traía dos jaulas con pajarillos saltando en su interior.

Atraído por el alboroto que se armó con mis primos, los dueños de las carretas y el propietario de los pájaros presos, me preguntaba en silencio: "¿Por qué el abuelo, que me había preparado en el cultivo de la tierra, en el cuidado de los animales de la huerta y en otras labores agrícolas, no me había enseñado a construir jaulas?".

Al retirarse el pajarero al pueblo, tomé la decisión de ir en busca del abuelo para reclamarle por qué no me había enseñado cómo atrapar pajarillos.

Cuando lo encontré, vi que criaba a los perros en la entrada de la cocina de su casa.

Poco después de escuchar el reclamo respondió:

"El que quiera disfrutar del canto de los pájaros no necesita construir jaulas, sino sembrar árboles. El canto de los pájaros pertenece a todos, nadie es su propietario.

"El canto de los pájaros en libertad es la palabra del creador del Universo; este canto, al igual que la libertad del hombre no se vende. No es una mercancía..."

Repentinamente, el ladrido de un par de perros, que se disputaban pedazos de tortillas revueltas con caldo de frijol, interrumpieron las palabras del abuelo. Después de aplacar con regaños el encono de los rijosos, agregó:

"¿De qué sirve escuchar el canto de los pájaros en las jaulas si en prisión no se expresa la alegría de vivir?

---

[17] *Juego tradicional infantil.*

Si quieres disfrutar del colorido plumaje y el canto de los pájaros, no aprisiones el lenguaje libertario de la naturaleza. El mejor atril de la música de las aves son las ramas de los árboles. No olvides que quien le pone rejas a la libertad le pone candados a su conciencia, silencia su palabra y condena para siempre su dignidad…"

Después de haber escuchado con atención las últimas palabras del abuelo en torno a la libertad de los pájaros, sin darnos cuenta, la noche se nos vino encima con su manto de estrellas y luciérnagas.

Antes de retirarnos de aquel sitio, le pedí me disculpara por el tono enérgico de mi reclamo y, con sus reflexiones que me dejaron satisfecho, abandoné la plantación de frutales con destino al pueblo en donde vivía con mis padres.

VII. El secreto de los pájaros II

Chc! ¡Chc! ¡Ch! ¡Ch! ¡Chc! ¡Chc! ¡Chc! ¡Ch!...
¡Chc!...
¡Uuuuuuuuuuuuuuuu!...¡Uuuuuuuu!...
¡Uuuuuuuuuuuuuuuuuuuuuuu!...
¡Chc! ¡Ch! ¡Chc! ¡Ch!... ¡Ssshiiii!... ¡Ssssiiiiii! ¡Chc! ¡Chc!
¡Chc! ¡Chc!
¡Sssshhiiii!...

Ése era el sonido que escuchábamos cuando mi tío Ch'el llegaba los viernes en el tren de las tardes que, con destino a la ciudad de Mérida, se detenía en la estación de ferrocarril de Calkiní, mi pueblo natal, situado en el norte del estado de Campeche.

Como en ese tiempo no había más transporte ni vías de comunicación entre mi pueblo y las ciudades de Mérida y Campeche que el tren, ir a presenciar su arribo en la estación se convertía en un verdadero espectáculo.

Mientras iba deteniéndose sobre las paralelas metálicas, observábamos a los pasajeros, cuyo destino no era mi población de origen, asomarse por las ventanillas de los vagones de primera y segunda clase para mirar los alrededores de la estación. Minutos después veía a mi tío descender apuradamente de un vagón de primera.

En tanto, por los andenes de la estación pululaban venteros de naranja dulce, empanadas de frijol, ciruelas rojas, paletas de coco, nances envueltos en bolsas de papel estraza, barquillas dobladas, churros y buñuelos de miel, panuchos calientes, jícamas con chile, pedazos de yuca hervida,[18] racimos de uaya,[19] pan de Pómuch,[20] pastelitos y bizcochos de manteca y anís.

Algunos vendedores ambulantes recorrían los pasillos del interior del tren, ofreciendo carne de venado fresca o, en contadas ocasiones, cocinada bajo la tierra, carne de puerco y pavo de monte.

Prestos a descargar y a subir la mercancía estaban Pashín y Chilaya Rivero, Adalio Güemez, Berto y Pablo Pacab, el padre y los hermanos Cohuo, y otras personas que se turnaban en bajar cajas de galletas; sacos de harina, azúcar y arroz; latas de manteca vegetal; rollos de palma de guano, atados de flores; botes de mantequilla; cajas de zapatos, telas y prendas de vestir; bultos de cacao; lencería y enseres para ferretería; bolsas del correo, huacales llenos de panela, manzanas, peras, uvas, racimos de plátano roatán; pescado fresco y cazón seco. Al mismo tiempo, en otros vagones, subían vacas; toretes; costales de gallinas y pavos; gruesas de escobas, canastos, sombreros, hamacas, petates; cántaros y tinajas producidos en Tepakán; rollos de sogas y brazos de hamaca, entre otros productos que se enviaban a la ciudad de Mérida.

En el momento en que silbaba el tren anunciando su partida de la estación, mi tío tomaba un camino que lo llevaría a la huerta del abuelo.

Lo recuerdo cuando caminaba a un costado de las vías, trastabillando y a punto de caer sobre la grava, que sostenía el peso de toneladas de rieles, durmientes, vagones y máquinas del ferrocarril.

Procedente de la ciudad de Campeche, donde trabajaba como checador de boletos en la compañía Ferrocarriles Unidos de Yucatán, llegaba vestido con un pantalón y chamarra color beige; la chamarra siempre abierta le permitía lucir una camiseta blanca —marca Pirata— hecha en China; traía también un sombrero de fieltro café oscuro que protegía su cabeza de los rayos del sol en esas tardes calurosas.

Siempre llevaba guindado en su hombro izquierdo una bolsa hecha de palmas de coco, de la cual destacaban: un envoltorio de pan francés, u otro llamado cocotazo, carne de puerco o de cazón seco y, ocasionalmente, manzanas y uvas. En la mano derecha traía aferrada una radio portátil, que emitía canciones norteñas al compás del acordeón…

Que dirán los de tu casa,

---

[18] *Tubérculo comestible.*
[19] *Árbol que produce pequeños y redondos frutos comestibles.*
[20] *Población situada en el norte del estado de Campeche.*

cuando me miran tomando
pensarán que por tu causa,
yo me ando emborrachando
y ¡ándale!,
pero si vieras
cómo son lindas esas borracheras
y ¡ándale!...

Nunca faltaron ejemplares del *Diario de Yucatán* y de la revista *Alarma* que, a punto de caer, traía en cualquiera de las bolsas traseras de su pantalón.

Como a mí me gustaba mucho este ambiente de jolgorio, no asistía a clases en la secundaria esos viernes inolvidables.

Al llegar a la huerta, el hermano de mi madre se acostaba a descansar en una hamaca suspendida, por un lado, de los tallos de un zaramullo y, por el otro, de un chicozapote, y entre mecida y mecida escuchaba la radio de pilas sintonizada en una radiodifusora de Harlingen, Texas.

A través de esa radiodifusora se anunciaban, entre polkas y redovas, productos manufacturados por los laboratorios Mayo para diferentes enfermedades; un locutor con voz engolada describía las propiedades de los medicamentos y la forma de adquirirlos, esto es, a través del sistema de remisión C o D: cóbrese o devuélvase.

Los sábados a temprana hora ocupábamos el tiempo en labores de poda y riego de los frutales; por las tardes, luego de desgranar el maíz, íbamos a bajar frutos de la temporada: naranjas redondas y dulces; pesados aguacates, toronjas voluminosas y limones escurridizos; mangos manila y criollo; mameyes eróticos, guayabas olorosas, ciruelas, caimitos y piñas. O bien, en otras ocasiones ayudábamos en el riego de los rábanos, cebollas, cilantros, tomates, calabazas, colinabos, lechugas, coles y los espinosos chayotes.

A veces, junto a mis primos menores (Cheto, Dosia, Patín, Felipa e Indalecio), se me asignaba la tarea de cortar, en el jardín, claveles, gladiolas, zinnias, jazmines y girasoles amarillos; sin embargo, lo que más me atraía era amarrar ramos de azucenas blancas de suave fragancia.

Entrada la noche, desde las hamacas hechas con hilos de henequén, oíamos en las radiodifusoras XEW, "La Voz de América Latina", o la XEB, "La B Grande de México", —ambas con señal procedente de la capital de la República— canciones que acababan arrullándonos.

Momentos antes, mis tíos metían en unos sacos de fibra la carga de frutales y flores que vendería mi tía Ramona en el mercado del pueblo.

Los domingos disfrutaba de la libertad de jugar con mis primos a los trompos, a las canicas, y lidiando con los perros, a la corrida de toros, debajo de la fronda de un árbol de siricote,[21] situado junto a la casa principal

---

[21] *Árbol maderable de tallo oscuro, usado en la fabricación de muebles, enseres domésticos y en objetos artesanales.*

de la huerta. Como escuchábamos el programa "La hora del granjero", transmitido a través de las ondas sonoras de la XEW por aquellos años de mi infancia, aprendimos la letra y música de un son huasteco que decía:

Llegaron los camperos
con sus guitarras cantando alegres
llegaron los camperos...
entre el zacate verde
lejos se pierden por los esteros
llegaron los camperos...
Cuando llega la noche
la luna llena va a alumbrar
por el claro del monte
lejos se ven llegar
una casa de adobe
se esconde entre el breñal
ahí está mi campera
que me va a esperar...
Llegaron los camperos
con sus guitarras...

Mis primos Gonzalo, Ramón, Julián y Fermín, mi hermano Antonio y yo cantábamos esta canción al ir a dejar las vacas, becerros, toretes y sementales en los alrededores de la plantación de frutales, caminando debajo de los árboles y por las estrechas veredas.

En aquellos años, debido a mi nerviosismo, tenía dificultad para conciliar el sueño. Durante esos desvelos, escuchaba voces y ruidos de la noche. El chirrear de ruedas de carretas raspándose en las piedras; los relinchos de caballos y el azote de chicotes sobre su lomo; el mugido de toros, que tal vez habían olfateado el celo de alguna vaca, y el ladrido de los perros turbaban mi descanso nocturno; pero el canto de los gallos, y el *dolon don* de los cencerros, de procedencia lejana y desconocida, me servían de compañía en esas noches de torturante vigilia.

Una de aquellas noches, cuando caía un aguacero que pensé terminaría por inundar toda la tierra, el padre de mi madre fue a despertarme para salir al monte en busca del canto de unos pájaros.

Escuché la voz de mi abuelo, pero traté de fingir que dormía, y que no había escuchado sus palabras. Él, molesto, sacudió la hamaca; inmediatamente y a disgusto me puse de pie.

Al observarme con el ánimo alterado dijo:

"Lo que hemos empezado no es juego. Vamos, apúrate. Para realizar el trabajo que hemos iniciado la lluvia no debe terminar."

"Tengo frío —repuse."

"Si ni te has mojado, ¿cómo es que tienes frío? —dijo mi abuelo y rápidamente me explicó—: El agua fría no te hará daño, al contrario, será tu mejor protección para lo que vas a ver y oír."

Y no dijo más.

Al salir de la casa, en penumbra, oímos el graznido de un búho y sentí miedo. A diferencia de otras ocasiones, iba adelante de mi abuelo.

Caminaba a tientas, aprovechando la repentina luz de los relámpagos. No bien habíamos pasado junto al pozo, cuando el ave agorera emitió otro graznido y entonces me di cuenta de que la veleta giraba incesantemente.

Al alzar la mirada hacia el cielo vimos al ave volar furtivamente gracias a la luz de un relámpago que estallaba como ruido de enormes piedras que caían sobre nosotros en hileras de agua. Espantado el búho voló veloz, y la lluvia se dirigió hacia el Poniente.

Apresuramos el paso rumbo al camino grande, y de pronto la lluvia cesó y aparecieron las estrellas. Para contener la tensión y el frío que me invadían, respiré profundamente, sintiendo que se me habían metido al cuerpo todos los aromas de la tierra y las hierbas del monte.

Con el agua a cuestas, temblé de frío; resbalaba entre el lodo y los charcos que formó el torrencial aguacero.

Al llegar a los montes de Xuch observé un animal en forma de serpiente brincando de una rama a otra, y sacudiendo el rocío de los árboles. Después pude ver que tenía alas plateadas.

Ahora que recuerdo, me pareció que el reptil alado caminaba a un costado nuestro y se hacía cada vez más grande.

No sé qué extraño poder me hacía seguir hacia delante y no me permitía volver la cara hacia atrás. Era como si algo o alguien me empujara a seguir de frente.

Sin embargo, durante la caminata debajo de la lluvia no pensaba ni tenía miedo.

Después de bajar una pendiente ligeramente inclinada, encontramos un camino que formaba una Y.

Exactamente en ese sitio la serpiente con alas, transformada en un animal enorme, pasó silenciosamente sobre nosotros, iluminando el camino cerrado de arbustos. A partir de ese momento no supe más de mí.

Supongo que me desmayé, pues cuando desperté estaba en la casa principal de la huerta y oía que mis tíos pronunciaban mi nombre; pregunté por el abuelo y me respondieron que se había ido al monte, muy temprano.

Ese día fui a la escuela con un malestar raro. Mi hermana Rosario, que era mi compañera de grupo, se quedó cuidándome en el salón de clases, porque el profesor le dijo preocupado: "Tu hermano no está bien, algo le pasa, algo tiene. ¡Cuídalo!".

Pasaron muchos días, quizá semanas. No logro recordar cuánto tiempo transcurrió después de este acontecimiento…

Una tarde calurosa volví a encontrarme con el abuelo que regresaba de cortar hojas de *ts'its'ilche* y *taj*, hierbas con las que me bañé, por indicaciones de él.

En esa ocasión observé que estaba contento, pues lo vi

reírse de todo lo que le decía; a mí me pareció extraña su actitud. Conociéndolo, empecé a preguntarle por qué me había ido a levantar aquella noche fría de tormenta.

Él, dejó de reír y me dijo:

"Yo no te fui a levantar."

Asombrado por la inesperada respuesta, le reclamé:

"No es cierto. Me estas mintiendo. Tú me sacudiste la hamaca apresuradamente. Ni siquiera tuve tiempo de ponerme las alpargatas. Salí de prisa y durante todo el camino estuviste silencioso y no me dijiste nada."

Luego agregué, haciendo esfuerzos por recordar lo ocurrido:

"Cuando pasamos cerca de la veleta, sus aspas giraban aceleradamente por las ráfagas del viento y la lluvia; yo pensé que éstas iban a desprenderse sobre nosotros; pero antes en el marco de la puerta, oí a un búho; es más, todavía lo pude escuchar otra vez, cuando brincamos los canales que conducen el agua a los bebederos del corral."

Moviendo la cabeza de lado a lado, en señal de negación, me dijo:

"Yo no estuve contigo esa noche. Tú, saliste sólo."

Incrédulo por lo que mi abuelo me decía, no supe qué pensar, aunque sí estaba seguro de que él me había ido a despertar para salir al monte en busca de esas aves.

Aún con muchas dudas y con temor pregunté:

"¿Entonces qué pasó? ¿Cómo es que lo escuché ordenarme salir al monte bajo la lluvia? ¿Acaso lo que vi es producto de un sueño pesado?"

Tornándose paciente, y luego de exhalar el humo de un cigarrillo, me dijo:

"Ni yo fui a levantarte, ni lo que hiciste es el resultado de un sueño. Lo que te ocurrió es una realidad. ¡Cuéntame!, ¿qué fue lo que viste?, ¿hacia dónde caminaste? Eso es lo que necesito saber."

Yo le respondí abrumado:

"Salimos de la huerta y tomamos el camino grande, debajo de un inexplicable aguacero que pareció inundaría toda la tierra. Mientras caminaba, padecí de frío. Súbitamente el temporal paró, y las estrellas volvieron a poblar el cielo. Yo te sentía detrás de mí. Al parejo de nosotros una serpiente con alas iba brincando de rama en rama haciéndose cada vez más grande; al llegar a un camino en forma de horqueta la vi volar encima de mi cabeza, dirigiéndose hacia donde se oculta el sol. Antes, en la casa, tú me dijiste que íbamos por el trino de unas aves. Ese animal, esa serpiente con alas no emitió ningún sonido."

Después de escucharme, y luego de sacar otro cigarrillo de una cajetilla verde, me dijo:

"Tú ya sabes que el nombre del Creador del Universo está encerrado en el canto de veinte pájaros y escrito en trece colores de su plumaje. Recuerda que un día, al amanecer, observaste y pudiste oír a cinco pájaros que te ofrecieron unas palabras. Esa noche de la que me hablas, viste a dos aves, es verdad; pero yo no te acompañé.”

Molesto, y a punto de encolerizarme, repliqué:

“Es cierto, vi a dos aves, pero sólo oí a una. La otra, parecida a un reptil con alas, no emitió ningún sonido, ya te lo dije.”

Con acento conciliador, repuso:

“Bueno, te voy a explicar... el búho, o *xoch'*, como se le llama en esta región, es un ave que anuncia la muerte, pero no temas. No te está avisando que pronto vas a morir. No es eso que tú estas pensando... entiéndeme bien —insistió.”

Yo lo escuchaba atentamente.

“Cuando en una casa hay un enfermo que no tendrá remedio, el ave avisa que morirá. Este aviso prepara a la gente para que la llegada de la muerte no sorprenda a sus familiares. Sólo en contadas ocasiones el ave se equivoca.”

Y mientras el abuelo buscaba algo en la bolsa de su pantalón —que después resultó ser un pañuelo rojo con el que se sonó las narices—, y yo me acomodaba el sombrero de palma en mi cabeza, agregó:

“En cuanto al otro animal que viste, a mí me hubiera gustado verlo. Quiero que sepas que ver a esta ave es un privilegio de poder. Los hombres que saben de estas cosas dicen que no se le aparece a cualquiera. Los itzaes, brujos de agua, como se les conoce, dejaron este conocimiento grabado en las piedras de una ciudad sagrada. A pesar de que esta ave desciende a la tierra en los días de equinoccio, a ti se te ha mostrado en un día que no corresponde a la fecha de su descenso. Esto es muy raro. Es muy probable que quiera decirte u otorgarte algo. Te recomiendo que sigas con atención el rastro o las imágenes de tus sueños, o de las cosas buenas o malas que te sucedan. Pero no temas. Creo desentrañar algo...”

Me impresionaba oír su relato, que continuó seriamente:

“Tú tuviste el privilegio de verla, porque hiciste el ritual Saltar detrás de tu alma (*Zíit pach' pixan*). Gracias a que realizaste esa ceremonia, se te apareció la serpiente emplumada. Pero no temas —reiteró—, ella habla en silencio, aunque no te parezca verdad esto que te estoy diciendo.”

Se rascó la cabeza, y añadió:

“El silencio es una forma de lenguaje interior, el más sabio de los lenguajes de la naturaleza, cuyo alfabeto sólamente lo conoce el espíritu. Además, el silencio es una forma de que tú escuches las voces interiores de tu alma y, una de esas voces eres tú.

Luego agregó:

“El hombre común le tiene miedo al silencio, porque teme que sus voces lo enfrenten consigo mismo; quien es renuente a escuchar el lenguaje silente de su espíritu, fácilmente es presa o esclavo de otros.”

E insistió con más énfasis:

“El silencio es el lenguaje profundo de tu alma; y como

alguna vez fuiste ave, los sueños son las alas de tu espíritu; y como alguna vez fuiste preso, ser libre es tu vocación."

Absorto por la profundidad de sus pensamientos, continúe escuchándolo.

"El reptil alado, con plumaje etéreo de luminosidad, es un ave que está llamando a las puertas de tu alma, porque tú eres un pájaro ansioso de libertad, habitando en ese cuerpo que te dieron tus padres. Si no me equivoco, debido a que viste a la serpiente emplumada, de ahora en adelante vas a ser insumiso por haber recibido el privilegio de los dones de la libertad. Cuando seas más grande, habrás de comprobar lo que te estoy diciendo. Recuerda que los dones son privilegios, pero también son riesgos.

"Lo que ahora ya sabes, a muchos no les importa; otros hombres escogen caminos distintos al tuyo. Tú has decidido ser rebelde, no ser preso o presa de nadie, aunque para ello pagues el precio de no ser preso de otros."

Y refiriéndose a los hijos de mis tíos me aclaró:

"A tus primos les corresponde cumplir otras tareas."

Pero al recordar que tiempo atrás había contraído un compromiso con él, me dijo:

"La encomienda de saber, por herencia espiritual, rituales, ceremonias y relatos que ya conoces, sólo a ti te pertenece. Tus primos lo sabrán algún día, y serás tú quien se los diga."

Dispuesto a revelarme sus pensamientos continuó:

"Un hombre libre no tiene precio, porque la libertad que posee no es mercancía que pueda pagar otro. La joya espiritual de la libertad es un privilegio que conquista uno mismo, y si otros no la tienen, por desconocimiento o por temor, es tu deber enseñarles cómo se llega a ella."

Advirtiéndome los riesgos de vivir el ejercicio de la libertad, señaló:

"Vienen tiempos en que el precio de los hombres será medido por la libertad que conquisten; por eso es importante que oigas cuidadosamente las voces que surgen desde la profundidad de tus silencios."

Haciendo una pausa, me preguntó:

"¿Qué te han enseñado tus maestros sobre la libertad de los hombres?"

Yo le contesté:

"Que unos luchan por conquistar la libertad, y otros, los que padecen sometimiento, acaban muertos por quienes han arrebatado la libertad a los que la desconocen."

Él me replicó:

"La libertad no es un asunto de conocimiento. Tú la puedes conocer y no luchar por ella. La libertad es una forma de poder, y ese poder puede asustarte y asustar a otros. Como es una fuerza de poder de uno mismo, es el más grande de todos los poderes. Cuando se tiene la libertad se siente, se desea y acabará agitando tu alma. Entonces, perderás el miedo de ser tú mismo, impulsado por la fuerza de la libertad."

Tras escupir reductos de tabaco, que se le habían adherido a sus labios, añadió:

"La libertad cada quien puede vivirla sin ataduras, si cuenta con el poderoso deseo de conquistarla; si tú te conquistas primero antes de pretender conquistar a otros, serás fuerte y libre. El poder de la libertad es, si te das cuenta, un poder que domina, pero no es para someter y dominar a tus hermanos."

Cuando cayó la noche por todos los rincones de la huerta, la luna llena inundó con su manto plateado el ramaje de los frutales. Escuchamos el estallido de cohetes y petardos, cuya procedencia no nos era distante; éstos anunciaban que, en la ciudad, el novenario al Santo Cristo de la Misericordia iniciaría esa noche con la quema de fuegos artificiales. El incesante doblar de las campanas, en esos momentos, era la señal de que la procesión de los gremios, portando banderolas tricolores y estandartes, estaba cruzando la puerta principal de la iglesia. Súbitamente la plática se interrumpió.

Entonces yo me sitúe en los atrios de la parroquia, presencié la entrada de las banderas y estandartes de diversos tamaños, y escuché el redoble de los timbales.

Participando de la romería, confundido entre chicos y grandes, me gustaba observar los ademanes y gestos que hacía el mudo Bartolo Castellanos quien, poseído

y usurpando la titularidad de la orquesta, dirigía los acordes de la música —auxiliado de su imaginaria batuta—, mientras se amenizaba la marcha de los devotos al interior del recinto religioso.

El párroco, monseñor don Gonzalo Balmes, con voz ronca y fuerte, acompañaba hacia el interior del templo a los devotos que acudían a rendir culto al patrono

del pueblo. Al cura siempre lo vi, en esos días del mes de octubre, recibir a los feligreses, acompañado de los acólitos Manuel Mas, Manuel Cauich y Rufino Canul, ataviados de sotanas rojas y roquetes de color blanco.

Lo que más me fascinaba de esas fiestas era escuchar absorto al coro de niños y mujeres, cantando al parejo con el ruido de los voladores o cohetes y el estallido de los petardos, y percibir el olor a copal y el humo abundante de la pólvora que se propagaba entre el ramaje de los almendros que se alzaban delante del frontispicio austero del ex convento.

A un costado del Palacio municipal y del Parque principal de la población de Calkiní, el carrusel, la silla voladora, la rueda de la fortuna, giraban sin cesar con su carga de niños y adolescentes, disfrutando una tras otra las vueltas que pagaban.

El pregón desde los puestos de palomitas, de churros, de panuchos, de naranjas, de los juegos de lotería y tómbolas, animaban la fiesta popular.

En este ambiente, Mulix Escobar, Carlos Castilla, el popular *Calix* y otros adultos soltaban, junto a la única torre del campanario del ex convento, globos de colores que competían con los cohetes o voladores por ganar un espacio libre en aquellos luminosos atardeceres. Algunas veces estos globos, hechos de papel china, no alcanzaban a volar porque chicos traviesos les aventaban

piedras que al perforarlos hacían que cayeran a tierra incendiándose entre la muchedumbre de curiosos.

Sin embargo, en el interior de la iglesia y frente al Cristo de la Misericordia la fe de un pueblo retumbaba en oraciones y cánticos que decían:

Que viva mi Cristo
que viva mi Rey
que impere doquiera
triunfante su ley.
¡Viva Cristo Rey!
¡Viva Cristo Rey!

De pronto, la visión se me esfumó, y el estar otra vez situado en la huerta permitió que el abuelo me llamara para concluir la plática que habíamos iniciado por la tarde.

"El reptil alado que viste, y que dices no cantó, en su silencio, tiene encerrado el canto de siete pájaros. Son pájaros que se ha tragado, y más vale que nunca los escuches. Confórmate con su silencio que es el canto excelso de pájaros presos, que murieron luchando por su libertad..."

Yo ya no escuché más sus palabras. Sólo evocaba al coro en el pórtico de la iglesia confundiéndose con el incesante repique de campanas... el redoble de los timbales... el estallido de los cohetes y petardos... ¡tan!, ¡tan!, ¡tan!, ¡tan!, ¡tan!... Sssiiiisssshhhhh... ¡pum!, ¡pum!... Sssiissshhh... ¡pum!... Sssssshhhhhiiiiisssshhh... ¡pum!

Que viva mi Cristo
que viva mi Rey
que impere doquiera
triunfante su ley.
¡Viva Cristo Rey!
¡Viva Cristo Reyyyyyyy!

¡Tan!, ¡tan!, ¡tan!, ¡tan!,
 ¡pum!, ¡pum!, ¡pum!, ¡pum!, ¡pum!...
Sssiiiisssshhhhh... ¡pum!...
Ssssssssiiiiisssssshhhhh... iiiiiiisssssshhhhhh... ¡pum!...
Siempre he pensado que los cohetes o voladores, serpientes de humo, estallan luminosos al surcar la inmensidad de los cielos en los días de fiesta en mi pueblo...
Sssssssssssssssssssiiiiiiiiiiiiiiiiiissssssssssshhhhhh... ¡Pummmmmmmmm!
Pueblo inundado de ruidos, como el de la llegada de los trenes...
¡Chc!, ¡chc!, ¡chc!, ¡chc!, ¡chc!
¡Uuuuuuu!... ¡uuuuuuu!... ¡uuuuuu!...

VIII. El secreto del viento

Abril en la tierra del Mayab[22] es el mes del corte y la quema del monte, pero también es el mes de la floración de amapolas blancas y rojas; al verlas, sobre los tallos desnudos del árbol que las prodiga y junto al colibrí que las corteja besándolas, parecen bailarinas danzando gracias al viento que las mece en el escenario azul del infinito.

Abril en la tierra de los mayas es el tiempo de los sacrificios como ofrenda. Sacrificio de bosques, sacrificio de selvas vírgenes; sacrificio de montones de árboles, árboles verdes de sueño. Sacrificio del sol que, expectante y desfallecido, pinta de oro y arrebol su rostro redondo; él, el primogénito del Universo.

En abril la vegetación se abre al corte del machete, y cae inmisericorde sobre la tierra caliente. El monte recién cortado, al despedirse de la vida, nos bendice con el regalo de suaves aromas que desprenden los tallos de

---

[22] *Región del sureste de México que comprende los estados de Campeche, Yucatán y Quintana Roo.*

los árboles y tiempo después arde junto a la oración, que en los labios del hombre maya es conjuro, encantamiento, súplica y petición en busca de mensajes para atenuar el suplicio de los calores.

En abril las estelas, desde sus dibujos de sabiduría de piedra… piedras reloj… piedras imán que atraen los vientos, vientos de nubes con su carga de agua, ordenan abrir la milpa y rapar la piel de la tierra.

En abril el viento caluroso rasca la tierra polvorienta y la levanta al paso de las carretas, tiradas por famélicos caballos, con su carga de hombres poseídos de sueños de maíz.

"El maíz se hizo hombre y habitó entre nosotros." Pregona con su trino la paloma torcaz, envuelta en su ropaje de mazorca de maíz.

¿Y qué pide la tierra en el mes de abril, para dejarse cortar y sembrar?

Todos éstos eran los pensamientos que me entretenían cuando de pronto mi perro Bobok emitió un ladrido largo y ronco que nunca le había escuchado. Turbado por el aullido, me detuve y esperé que el viento me trajera, nuevamente, aquel sonido extraño emitido por mi perro.

Solitario, en medio del camino en el que me encontraba, la espera se me hizo angustiosa, mezclada con tensión, con miedo. Sudaba en abundancia por temor a lo inesperado.

De repente, el bosque se estremeció. El crujir de ramas que se rompían por la inusitada presencia de un remolino en forma de cono, corpulento por la tierra y hojas secas acumuladas en su cuerpo, me arrastró hacia su centro. Alzado por esa fuerza descomunal, y sujeto por ella, penetré el follaje espinoso repleto de hierbas, enredaderas y arbustos. Maltrecho, con heridas en los brazos, la frente y el cuello y a punto de perder el conocimiento, caí boca abajo encima de unas piedras labradas. Sin embargo, pude darme cuenta que me encontraba en el pináculo de lo que fue una pirámide. En ese lugar poco transitado, reducto de pedazos de columnas de piedra, todavía pude escuchar, lejanamente, el aullido insistente de mi perro y la turbulencia del viento que seguía arrastrándome y arrastrándose, quebrando bejucos y enredaderas.

Mareos y el vómito me abatieron. A pesar del dolor y el llanto, sentí que me zumbaban los oídos e hice esfuerzos para no dejarme dominar por un manto oscuro que intentaba velar mi vista.

Quería ver con claridad pero, a pesar de mis esfuerzos, se me nublaban los ojos. No supe de qué manera ni por qué, pero comencé a percibir cómo las piedras a mi alrededor se convertían en cráneos y calaveras de diversos tamaños, provocándome un pánico que me dejó inmóvil.

No bien se habían disuelto esas imágenes, cuando de imprevisto mi perro se acercó y vi cómo fue creciendo y sus ojos se agrandaron hasta hacerse uno. De ese ojo único surgió una luz, y detrás de ella provino un torrente de luminosidad que me lastimó la vista. Abrir o cerrar los ojos me daba igual, de cualquier manera no distinguía. La luz, esa potente luz, poco a poco, lentamente, se convirtió en un cuerpo mitad hombre, mitad perro, pero este no era Bobok. La parte que correspondía al animal era negra, y la otra la formaba un hombre luminoso, un anciano de cabello blanco y largo, con barbas que le llegaban al pecho. Intenté incorporarme, quise huir pero no pude. Entonces me di cuenta de que los árboles, transformados en culebras, estaban atando mis pies, y enroscados en todo mi cuerpo me habían dejado inmóvil.

En ese momento desapareció la otra mitad del perro y se transformó en una figura humana que ordenó:

"No te levantes. Baja la cabeza y escucha. Yo soy el que soy. Yo soy el espíritu, parte tú, parte yo. Yo soy tú, y tú eres yo. Yo soy siempre. Yo soy el espíritu de la vida. Yo soy el nombre de todas las cosas... Yo soy tu nombre y tú eres el mío. Al nombrarme te nombras y al llamarme te llamas. Al amar a otros, te amas como yo te amo. No temas.

"Yo soy el espíritu... Yo soy el guardián del viento que llega del Sur. Yo soy un viento cálido y ando en busca de un viento que llegue del Oriente para transformarnos en uno solo. Con nuestra unión, viento caliente y viento fresco, mi cuerpo se convertirá en lluvia que apagará la sed de los hombres de esta tierra.

"Por esta revelación, porque me has visto, no volverás a ver a tu perro. Él pasará a formar parte de mi cuerpo."

Entonces desperté, y escuché que un pájaro silbaba su tristeza arriba de un árbol frondoso de jábin.[23]

No había pasado mucho tiempo después de haber presenciado aquella visión en mi sueño, cuando oí que gritaban mi nombre: tíos y primos andaban en mi búsqueda. Al encontrarme me abrazaron gustosos. Yo no quería hablar, mejor dicho no pude pronunciar palabra alguna. Temblaba de asombro y ardía en temperatura cuando llegamos al portón del corral que conduce a la huerta del abuelo. Él, al verme en ese estado, dispuso que me bañaran con hojas de naranjo agrio y que masticara hojas de Santa María.[24]

A la tercera noche, cuando había recuperado la salud, el abuelo me llevó al monte a practicar una ceremonia.

Como otras veces, después de haber conocido la ceremonia de la prueba del aire, la prueba del sueño, el abuelo y yo acudimos al sitio sagrado de mis antepasados: el monte de Nójk'ankab, lugar de los encantamientos, electo por el abuelo en esa noche poblada de diminutas lucecitas que despedían las luciérnagas.

Lo recuerdo muy bien, era una noche fresca invadida por el insistente siseo de cientos de miles e incontables millones de grillos en concierto monótono, mientras mi

[23] *Árbol maderable, usado en la fabricación de muebles y enseres domésticos.*
[24] *Se usa para baños calientes.*

abuelo y yo, junto al cobertizo de palmas y en medio de la milpa de Nójk'ankab, observábamos la ubicación de las estrellas. Ahí, en ese lugar sagrado para el abuelo, y que empezaba a serlo para mí, escuchamos el lenguaje secreto de la noche, en espera de la hora propicia para la convocatoria de los vientos.

Conforme pasaba el tiempo, y tan pronto recorrimos cuidadosamente con nuestra vista cada rincón del cielo y yo aprendía el nombre de rutas y grupos de estrellas, supe de la relación de éstas con el destino de la tierra y de los hombres. Al escuchar y observar todo con detenimiento, me di cuenta de que los parpadeos de estrellas y luceros se emparejan con el lenguaje de los grillos... Ellas, las estrellas, con su titilar, dictan el ritmo del concierto nocturno de los grillos.

Pienso que los grillos con sus notas musicales rezan a la noche y con ello rompen el velo misterioso del silencio. Silencio que acabó por imponerse a todo lo oculto debajo de las sombras de la noche, dispuesta a revelarnos cómo se realiza la atracción de los vientos.

Cerca de la medianoche, el abuelo me condujo en silencio a un lugar poblado de arbustos conocidos con el nombre de *Sipche'*, ahí, y mientras respirábamos profundamente y los pulmones se nos llenaban de ese solemne olor a copal, comenzó a silbar:

—Juuuuuuuuuuu... juuuuuuuuuuu... juuuuuuuuuuu.

Luego, de pie y con las manos extendidas hacia el Oriente, me pidió que repitiera con él:

"Hermoso Dios Padre, hermoso Dios Hijo, hermoso Dios Espíritu Santo. ¿Dónde está ese viento del escorpión amarillo?, ¿dónde está el viento del escorpión rojo?, ¿dónde está el viento del escorpión negro?, ¿dónde está el viento del escorpión blanco?

"Siipche', hierba del viento, hijo del viento, acerca los vientos.

"Viento... viento... viento... Ven tú, ven tú, ven tú.

"Juuuuuuuuuuuuu... juuuuuuuuuuuuu... juuuuuuuuuuuuu."

En medio de un silencio imponente, el abuelo, de pie y con la mirada profunda clavada hacia los cielos, nuevamente invocó en lengua de mis antepasados:

"En nombre de Dios Padre, Dios Hijo y del Espíritu Santo. ¿Dónde está ese viento del escorpión amarillo que me demuestre su bondad?, ¿dónde está ese viento del escorpión rojo que estoy llamando aquí para que ponga su bondad?, ¿dónde está el viento del escorpión negro que ponga su bondad?, ¿dónde está el viento del escorpión blanco para que diga la verdad acerca de las culpas?

"Juuuuuuuuuuuuu... juuuuuuuuuuuuuuuuuu... juuuuuuuuu.

"Siipche', hijo del viento, hecho de vientos, ve por el viento.

"Juuuuuuuuuuuuu... juuuuuuuuuuuuuuuuuuuu... juuuuuuuuu."

Sin esperarlo, estrepitosamente, se escuchó un

escándalo entre la maleza. Pájaros y otros animales, que dormían debajo o sobre las ramas de los árboles, empezaron a correr asustados, sin rumbo, y atropellándose, provocaron un alboroto que estremeció el silencioso ambiente que reinaba hasta el momento.

Pegado a la tierra, y asaltado por la sorpresa que me provocó la fuerza del bullicio estremecedor, veía todo sin poder hablar ni moverme, queriendo gritar y correr para estar a salvo del insólito y aterrante viento que nos hacía girar. Presa del terror, sentí que una fuerza desconocida me levantaba y pude percibir que flotaba, mientras veía y oía cómo ese remolino gigante huracanado y devastador sacudía árboles, daba vueltas en torno a nosotros y perseguía sin cesar a todos los animales, que emitían alaridos y corrían en dirección circular, chocando y encontrándose sobresaltados. Era tal la confusión que, en cada vuelta, el escándalo crecía y crecía en intensidad.

Al concluir la novena vuelta todo volvió a la calma, a la quietud, a la normalidad.

Bañado por el sudor, y con el corazón agolpándome y agolpándose en todo mi cuerpo, sentí llegar un vientecillo refrescante que ahuyentó mi ansiedad de escapar, contenida al recordar que no estaba solo. Contaba con la presencia del abuelo quien, de pie y en actitud impasible, aguardaba silencioso el fin de los acontecimientos.

Cuando todo pasó, en Oriente, en el sitio de donde vino el viento húmedo y reconfortante, el cielo empezó a transformar su luz clara en un resplandor amarillo intenso. En seguida, un halo rojo permitió que luciera la silueta fantasmal de los árboles y de las pequeñas elevaciones. Más arriba, en el centro del cielo permanecía el azul enmarcado de negro. Conforme fue aclarando dominaron los colores oro y rosa en el cuerpo de las nubes aborregadas que se sostenían por rayos enormes de luces inclinadas.

El pájaro Nom emitió su canto monótono, animando a las otras aves a saludar a la aurora con la algarabía de sus trinos.

Cerré los ojos y al abrirlos me encontré nuevamente con la oscuridad y con una sensación de mareo. Busqué por todos lados al abuelo pero fue inútil, él había desaparecido.

De pie, solo y desamparado, me quedé en ese lugar hasta que amaneció completamente.

Pasó el tiempo; yo no me percaté de que mi abuelo llegaba por el Poniente, hasta que me llamó para que fuéramos a descansar en el cobertizo de palmas que años atrás él había construido en el centro de la milpa. Al llegar a ese lugar, sentí que la cabeza me daba vueltas, el estómago me dolía y tuve ganas de vomitar. Entonces mi abuelo, para mitigar los mareos de que era víctima, me dio de beber agua y miel, y me ordenó que me acostara en el suelo. Pero al ver que me revolcaba por el dolor, dispuso que ingiriera un brebaje que contenía

Siipche' y k'akaltún. Después de tomar la pócima, sentí un alivio y empecé a mejorar gracias a los efectos que provocó en mí el bebedizo.

Cuando pasó el malestar y mientras el abuelo a mi lado limpiaba pacientemente los aperos de labranza, le pregunté qué había ocurrido conmigo después de que habíamos convocado la presencia de los vientos. Ante la negativa de responder a mis preguntas, supuse que él esperaba mi alivio total; o tal vez fingió no oírme o de plano no quería explicarme nada en esos momentos de mi lenta recuperación. Tumbado boca arriba sobre la tierra, me quedé profundamente dormido.

Al despertar lo vi en medio de una humareda, en cuclillas, asando codornices, que después comimos en silencio.

Esa tarde, por indicaciones suyas, fuimos a cortar y recoger leña alrededor de los bosques cercanos a la milpa.

De regreso, mientras descansábamos, me dijo:

"El viento del Oriente es un aire noble, sabio, joven y masculino, a la vez es un viento maduro; además, contiene el aliento y la suficiente fuerza sexual que impulsa el ayuntamiento tanto entre árboles y animales como entre los hombres. Ahora que te estás enterando de estos secretos, no debes olvidar que el viento del Oriente es un aire de celo sin ser celoso; ese viento sabe mucho de nosotros, y si no nos lo proponemos, morimos sin conocer los poderes que otorga."

Al observar que yo le ponía atención a sus palabras, continuó:

"Con los vientos del Norte, del Sur y del Poniente no se juega. El viento del Norte es frío; el viento del Sur es caliente; ambos son femeninos. Pero el viento del Poniente es un viento voluble, caprichoso y sorpresivo; tiende a ser dominante, y si conocemos su hora y su día, se puede trabajar con su fuerza y poder…"

Inusitadamente se puso de pie. Desenvainó su machete y lentamente se acercó al poste central de la choza; de un sólo golpe cortó la cabeza de una víbora de cascabel que amenazaba en el ambiente. De inmediato la recogió con la punta de un leño y comenzó a desprender la piel del crótalo, mientras, continuó con su plática:

"Anoche el viento del Oriente te mostró una parte de su poder. Te vio asustado y, para contenerte, te permitió asomar al umbral de sus dominios. Por eso viste ese amanecer que te deslumbró y te mantuvo subyugado.

"Los amaneceres como el que presenciaste no son más que el ropaje imperial de los vientos; en la medida en que los llames, te considerarán su hermano y te convertirás en un privilegiado Cazador de Auroras…"

Oscurecía cuando me advirtió.

"A los vientos no sólo se les convoca con palabras. Hay que llamarlos con la fuerza de los sentimientos. Cuando pidas que vengan a ti, llámalos con la fuerza de tu corazón, con la fuerza de tu espíritu y, aunque se presenten de manera violenta, acabarán por convertirse en tus aliados, dispuestos a complacerte en lo que les pidas o mandes. Pero más vale que no los llames si muestras temor y huyes, pues acabarán matándote, a menos que estés protegido con hierbas de poder, hierbas como el Siipche', que es considerado hijo del viento, hecho de vientos, que acerca a los vientos…

Cuando terminó de limpiar la piel del ofidio, buscó el quinqué que, al prenderlo, nos devolvió luz en la penumbra. Entonces, prosiguió:

"El Siipche' y el k'akaltún son hierbas complementarias para el llamado de los vientos; el Siipche' es una planta masculina; el k'akaltún, femenina; la primera sirve para atraer vientos del Este y del Oeste, mientras que la segunda ayuda a llamar vientos del Sur y del Norte. Juntas, y bien orientadas, ahuyentan enfermedades inducidas por los vientos y por los hombres…"

Su voz y sus palabras fueron bajando de tono. Finalmente, dejé de escucharlo…

Otras voces, al interior de una caverna, llamaron mi atención. Percibí detrás de ellas, sombras que se alargaban acercándose al lugar en donde estaba guarecido… Llegaban en romería sosteniendo antorchas. Al fijarme bien, observé que eran hombres y mujeres desnudos. Buscaban algo, tal vez a alguien. Localizaron un sitio cerca de mi estrecho refugio y formaron un círculo en cuyo centro, luego de encender una fogata, destacaba una joven de cuerpo esbelto y larga cabellera que llegaba a la altura de su cadera. Aquel lugar era llano y amplio…

Inmediatamente se inició una danza de hombres, mezclada con coros y gritos, al compás de golpes producidos por un tronco hueco. Los danzantes se movían con elegancia y donaire, vocalizando:

—¡Jeeleeac!… ¡jeeleeac!… ¡jeeleeac![25]

¡U sujuy!… ¡u sujuy!… ¡u sujuy!… ¡x-ch'uplal![26]

¡x-ch'uplal!… ¡x-ch'uplal!… ¡x-ch'uplal!… [27]

Los danzantes, marchando, bailaban inclinándose hacia adelante y hacia atrás.

Al lado izquierdo del escenario preparaban dos cadenas de flores de mayo: una, de color rojo, fue colocada alrededor del cuello de la joven; otra, de color blanco, fue sujetada en el talle de su cintura.

Sorpresivamente, uno de los danzantes intentó posesionarse de la joven que, al darse cuenta, lo esquivó; el orden del círculo se rompió, iniciándose una violenta pelea entre todos. En esa batalla desigual, uno a uno se eliminaban entre sí. A los lados caían, sin sentido, los más débiles, mientras los que aún tenían fuerza proseguían en la contienda.

Ninguno de los combatientes soltaba ayes de dolor ni se quejaba. Nadie tomaba bando por nadie. Excitación y ansiedad cundían en el ambiente…

25 *¡Aquí! ¡Aquí! ¡Aquí!*
26 *¡La virginidad! ¡La virginidad! ¡La virginidad!*
27 *¡Doncella! ¡Doncella! ¡Doncella!*

La joven en disputa, en compañía de otras mujeres y ante la larga espera del final de los acontecimientos, observaba y mantenía una actitud de incertidumbre... Triunfó un hombre ligeramente bajo de estatura; su cuerpo estaba lleno de golpes, contusiones, rasguños y heridas. Una vez frente a ella, soltó un grito en reclamo de la posesión que le correspondía, al tiempo que se limpiaba la sangre que profusamente escurría de su boca.

El varón más viejo del grupo, tal vez el patriarca, pues portaba un bastón de mando, entregó a la muchacha. El hombre vencedor la recibió acariciándola. De pronto, fui descubierto... descubierto por mi abuelo, quien levantó la sábana que cubría mi cara...

Entonces desperté.

La nueva palabra
Por Miguel León-Portilla

La nueva palabra aprendió a modularse con el canto de las aves y a matizarse con los brillantes colores de la flores. Llego el tiempo que ella naciera, floreciera, cantara y fuera escuchada. Como ha sucedido en Anáhuac y otros muchos lugares, también en la tierra del faisán y del venado, la nueva palabra de los hombres de maíz está dando a conocer sus mensajes, anhelo, reclamo, belleza y verdad, del pasado, de hoy del porvenir.

Jorge Miguel Cocom Pech es maestro de la nueva palabra en su lengua materna, el mayat'an. Su ser se nure de esa tradición milenaria que ahondó en los secretos del tiempo y erigió ciudades cuyos monumentos provocan asombro. Conoció él de niño y de joven algo de la antigua palabra, la que dejaron dicha los ah miatzob, y los ah ds'ibob, aquellos que escribían en sus estelas y libros. Su corazón el fue guardián, no cueva cerrada de cuanto le confió su abuelo, don Gregorio, allá en el pueblo de Calkiní. De don Gregorio aprendió el lenguaje de la noche y del viento, en suma el lenguaje de la Naturaleza, dueña de la sabiduría del universo. El abuelo ––nos dice–– revelándole sus secretos, lo inició en varias pruebas, la del sueño, del aire, del silencio y otros enigmas.

Pudo adentrarse así el joven Cocom Pech en ese universo sagrado y mágico, pletórico de símbolos que, a través de milenios, ha sido el hogar cósmico del pueblo maya. Muchos procesos de cambio han afectado a ese universo sagrado, desde los tiempos clásicos, los que a ellos le siguieron y los de la invasión española, hasta llegar el presente. Pero más allá de los cambios, los mayas, señores del saber acerca del tiempo, han mantenido viva su lengua, el meollo de su visión del mundo y de cuanto les confiere su propia identidad. Inconfundible, en el ámbito de los distintos pueblos que integran el ser pluricultural de México.

Escuchar al abuelo que tantas veces le habló, fue para Jorge Miguel acercarse a la antigua palabra, la que a su vez, don Gregorio había recibido de sus ancestros. Quizó preguntar qué son las flores, las nubes, las avispas, las cigarras, las libéluas y los sapos. Tras prestar atención a las respuestas, revelación de la antigua palabra en los secretos del abuelo, Jorge Miguel formuló una última pregunta, tal vez con apremio y angustia: "¿quién soy?"

La contestación del abuelo fue señal de un destino, el que Jorge Miguel ha hecho suyo: "Tú eres una pregunta viviente… tú eres una traviesa interrogación ambulante…, en busca de una respuesta sin fin…" Así ha sido. Nuestro amigo Cocom Pech, unas veces recordando las palabras del abuelo y otras de sus sueños, entre dormido y despierto, sigue siendo una pregunta viviente. Su propia y nueva palabra prosigue en el interior de sí mismo el diálogo con los relatos ancestrales, que ahora le pertenecen como maya que es él también.

Así, al recibir las páginas que aquí nos entrega, su palabra da nueva forma de existencia a la antigua. Pero, por encima de todo, creación literaria es la suya, en la que se escucha el lenguaje de los pájaros, se entrevé la presencia de los dioses, se contemplan las flores y las mariposas que se elevan. Como en los ciclos del tiempo de que tratan los viejos libros mayas, hay aquí también muchas has formas de reencuentro: sabiduría del pasado y compromiso con el presente.

La literatura mexicana —y me atrevo a decir que la universal— se enriquecen con producciones como ésta. Más allá de cualquier realismo mágico, Jorge Miguel Cocom Pech, con sus metáforas, paralelismos y luminosas evocaciones, recatualiza en el presente, trasnnformada en torrente de vida, la sabiduría y belleza de la palabra antigua. La literatura de los mayas —la de las inscripciones y la tradición oral el Popol Vuj y los libros del Chilam Balam— da nuevas flores y frutos. Es parte insuprimible del universo de la expresión de los hombres y mujeres que en todo el tiempo y lugar preguntan y cuestionan, evocan sueños, contemplan lo que ocurre, recrean e inventan aconteceres, siempre

en busca de sentido, deseo os de comunicar a otros
sus vivencias, sus aspiraciones y sufrimientos,
sus fantasías y pensamientos.

Por Miguel León-Portilla

El abuelo Gregorio

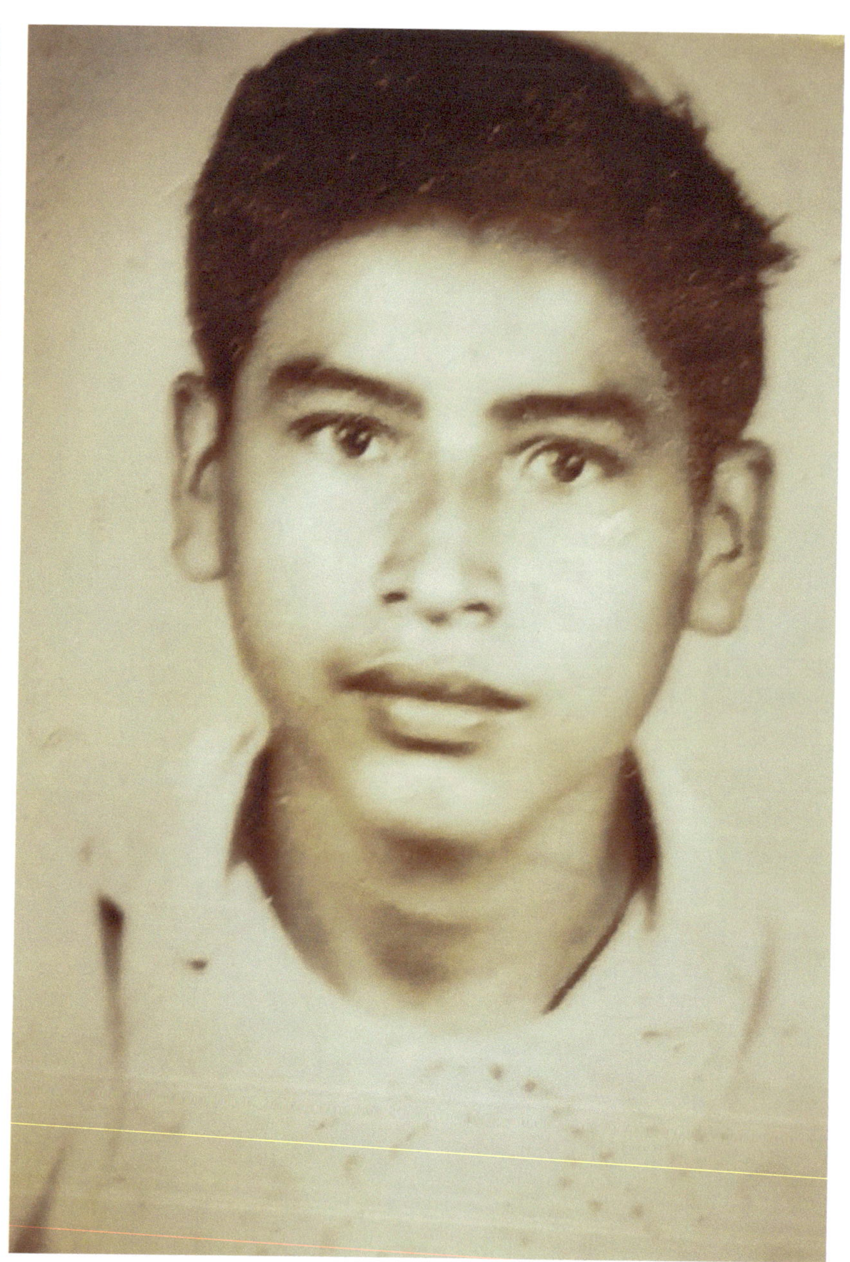

Jorge Miguel Cocom Pech

a los doce años

Sobre el autor

Jorge Miguel Cocom Pech, maya originario de Calkiní, Campeche, México, es profesor normalista e ingeniero agrónomo en la especialidad de sociología rural, egresado de la Universidad Autónoma Chapingo. Desde 1995, Jorge Miguel Cocom Pech ha participado en diversos encuentros, coloquios, recitales, talleres, congresos y festivales relacionados con la lengua y la cultura maya en México, Canadá, Estados Unidos, Guatemala, Nicaragua, Panamá, Colombia, Chile, Venezuela, España y Rumania. Actualmente es miembro del Sistema Nacional de Creadores de Arte (2015-2017).

Escribe poesía y narrativa. Autor de Muk'ult'an in nool, Secretos del abuelo, J-nool Gregorioe' juntúul miats'il maya, El abuelo Gregorio un sabio maya, Las nueve preguntas y K'aank'an ya'il icho'ob: wayé, ¡ma' a t'aan ich maya! Lágrimas de oro: aquí, ¡no hables maya!, U yaajal pi'sáastal, El despertar del alba (poemario inédito). Sus poemas y relatos han sido traducidos a varias lenguas, incluyendo francés, italiano, inglés, rumano, catalán, serbio, árabe, ruso, mam, zapoteco y nahuatl.

Del 2002 al 2005 fue Presidente de Escritores en lenguas indígenas, A.C., asociación nacional que reúne a poetas, narradores, dramaturgos y ensayistas en lenguas indígenas de México. Entre otras distinciones, en 2005 recibió el Gran Premio Internacional de Poesía en Curtea de Arges, Rumania. En 2016, el maestro fue distinguido con el Premio Internacional de Literaturas Indígenas de América (PLIA) y nombrado Poeta del Año en The Americas Poetry Festival of New York.